Deseo™

La hija del príncipe

Olivia Gates

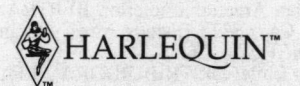

HARLEQUIN™

Editado por HARLEQUIN IBÉRICA, S.A.
Núñez de Balboa, 56
28001 Madrid

© 2008 Olivia Gates. Todos los derechos reservados.
LA HIJA DEL PRÍNCIPE, N.º 1681 - 14.10.09
Título original: The Desert Lord's Baby
Publicada originalmente por Silhouette® Books

Todos los derechos están reservados incluidos los de reproducción, total o parcial. Esta edición ha sido publicada con permiso de Harlequin Enterprises II BV.
Todos los personajes de este libro son ficticios. Cualquier parecido con alguna persona, viva o muerta, es pura coincidencia.
® Harlequin, Harlequin Deseo y logotipo Harlequin son marcas registradas por Harlequin Books S.A
® y ™ son marcas registradas por Harlequin Enterprises Limited y sus filiales, utilizadas con licencia. Las marcas que lleven ® están registradas en la Oficina Española de Patentes y Marcas y en otros países.

I.S.B.N.: 978-84-671-7466-3
Depósito legal: B-32017-2009
Editor responsable: Luis Pugni
Preimpresión y fotomecánica: M.T. Color & Diseño, S.L.
C/. Colquide, 6 portal 2 - 3º H. 28230 Las Rozas (Madrid)
Impresión y encuadernación: LITOGRAFÍA ROSÉS, S.A.
C/. Energía, 11. 08850 Gavá (Barcelona)
Fecha impresion para Argentina: 12.4.10
Distribuidor exclusivo para España: LOGISTA
Distribuidor para México: CODIPLYRSA
Distribuidores para Argentina: interior, BERTRAN, S.A.C. Vélez Sársfield, 1950. Cap. Fed./ Buenos Aires y Gran Buenos Aires, VACCARO SÁNCHEZ y Cía, S.A.
Distribuidor para Chile: DISTRIBUIDORA ALFA, S.A.

Prólogo

–¿Tienes idea de lo que se siente al estar dos días lejos de ti, atrapado en esas negociaciones infernales?

La voz de Faruq sonó tan oscura y profunda como el cielo nocturno que Carmen estaba mirando. Sus palabras la acariciaban y el acento exótico se convertía en un arma potente, en un hechizo irresistible.

Carmen sintió su presencia en cuanto entró en el ático del rascacielos. O tal vez mucho antes, quizás en el preciso momento en que Faruq concluyó la ronda de negociaciones que lo había mantenido alejado de ella durante seis semanas; pero sólo de día, porque las noches siempre eran suyas, de los dos, y siempre estaban llenas de locura y de magia.

Después habían llegado las cuarenta y ocho horas de privación, y Carmen pensó que estaría encantada de entregarse otra vez a él. Pero algo había cambiado. No estaba preparada. Su presencia era como la de un huracán que alterara y desequilibrara sus emociones. Lo quería demasiado.

Todo había sido demasiado rápido, demasiado intenso. Justo cuando ella estaba convencida de que no volvería a enamorarse ni a sentirse atraída por un hombre, se encaprichó de Faruq a primera vista y acabó entre sus brazos la primera noche. Pero se dijo que sólo sería una aventura pasajera, que sus caminos se separarían irremediablemente sin dejar huella.

Hasta aquel día.

Miró hacia la pared de cristal reforzado que daba a Manhattan y contempló sus luces por encima de la mancha oscura de Central Park. Pudo oír los ecos de sus pies desnudos sobre la alfombra, el susurro del cachemir contra la seda y finalmente su piel contra el acero de Faruq, contra su cuerpo imponente. Pero no lo oyó de verdad, sino en su memoria; en el rincón de su mente donde guardaba todos los matices con un detallismo obsesivo.

No fue capaz de girarse hacia él. Había estado caminando sobre el filo de un escalpelo que empezaba a cortarla.

Aquélla iba a ser su última noche.

Y quería meter toda una vida en ella, estirar cada segundo y llenarlo de él, de ellos. Quería consumirlo, sentir todas sus contradicciones, su paciencia, su arrogancia, su ternura y su ferocidad, todas igualmente devastadoras y todas a la vez.

–*Wahashtini, ya galyah* –declaró él con la voz profunda del tormento.

Sólo fue una expresión de cariño; decía que la echaba de menos. Pero desató tal deseo en su interior que sus senos se hincharon y sus pezones se endurecieron hasta la agonía. No podía soportar el algodón sobre su piel inflamada, ni el tremendo vacío de su interior. Y Faruq lo empeoró al añadir:

—Por muy importante que fuera, no he debido alejarme de ti. Ahora casi tengo miedo de tocarte, porque siento que, cuando lo haga, llegaremos al límite mismo de la supervivencia.

Faruq estaba prácticamente pegado a ella. Carmen tomó aire y sintió el aroma de su tensión, de su virilidad y de su deseo. Su aroma.

Una mano fantasmal apartó su cascada de cabello borgoña y le desnudó primero el hombro y luego el cuello. Faruq se inclinó sobre Carmen e inspiró. La inspiró. La llevó al interior de sus pulmones.

Luego, empezó a acariciarla y acercó los labios a su oído.

—No podía ni llamarte siquiera. Sabía que si oía tu voz y sentía tu deseo, estaría perdido. Lo habría dejado todo para venir a verte.

Carmen supo entonces que ni siquiera les quedaba esa noche.

Si seguía allí, se quedaría. Y seis semanas después, Faruq lo sabría.

Sabría que se había quedado embarazada.

Y no podía permitir que lo supiera.

Carmen le había asegurado que no necesitaban usar preservativos, que ella ya estaba protegida. Así que Faruq la tomaría por una mentirosa, por una falsa que le había engañado. Se indignaría con ella. O algo peor, mucho peor.

Él la había tratado maravillosamente bien, pero Carmen no se hacía ilusiones al respecto. Sabía que sólo era una diversión durante unas negociaciones tan duras que ponían a prueba su cuerpo y su mente. De hecho, su oferta inicial no podía haber sido más clara: ser su amante durante su viaje de tres meses alrededor del mundo. Y estaba segura de que tenía intención de poner punto final al acuerdo con la generosidad propia del príncipe que era. Tal vez, con una liquidación increíblemente magnánima. Una que ella no podría aceptar.

Pero el destino le había dado algo bastante más precioso que el dinero.

Carmen se estremeció. Estaba tan perdida en sus pensamientos que no se había apartado a tiempo de Faruq; y cuando la tomó entre sus brazos, se apretó contra su espalda y le besó el cuello, sintió un placer tan intenso que casi estuvo a punto de arriesgarlo todo con tal de volver otra vez al cielo con él. Pero sólo casi.

Se alejó de él lentamente, fingiendo que el movimiento formaba parte del juego del amor, y afianzó la lejanía con una pregunta sobre su trabajo.

–¿Has logrado presentar tus proyectos de ayuda humanitaria sin que el primer ministro de Ashgonia declare que tu monarquía tiene tantos problemas internos que no es la más indicada para ello?

Faruq tardó un momento en responder. Un momento durante el cual intentó abrazarla de nuevo.

Carmen se alejó un poco más y él la miró sin comprender lo que sucedía. Pero debió de llegar a la conclusión de que no pasaba nada, porque se limitó a encoger sus hombros olímpicos.

–Ha hecho mucho más que eso. Me ha concedido acceso incondicional al territorio de Ashgonia en una franja de ciento sesenta kilómetros tras la frontera con Damhur.

Carmen sintió tal satisfacción y orgullo por el éxito de Faruq que durante unos segundos se olvidó de todo lo demás. Ni la propia ONU había conseguido llegar tan lejos.

–Oh, Faruq, eso es increíble... Vas a salvar muchas vidas.

Los sensuales labios de Faruq, sonrieron.

–No hablemos de vidas salvadas antes de salvarlas, Carmen. Como diplomático, siempre debo calcular el peor de los casos... pero ya basta de política. Esta noche no soy el príncipe al Masud, sino el hombre que guarda una infinidad de placeres para la mujer que se ha convertido en el mejor regalo del mejor cumpleaños de su vida.

En efecto, era su cumpleaños. Carmen lo había sabido ese mismo día y había salido a comprarle un regalo, pero Faruq tenía todo lo que podía necesitar, y el esfuerzo fue tan grande que sufrió un desfallecimiento y terminó en un hospital. Cuando le hicieron las pruebas, descubrieron que estaba embarazada. Iba a tener un hijo suyo.

Él intentó otro acercamiento y ella se volvió a apartar. Pero en los ojos miel de Faruq se dibujó el destello de la comprensión.

–Ah, ¿es que estás en esa fase del mes? –preguntó.

A Carmen le pareció especialmente irónico que la creyera con la regla. Sin embargo, la excusa era tan perfecta que asintió.

Faruq suspiró de nuevo.

–Ha tardado más de lo que debía, ¿verdad?

Su comentario la sorprendió. Hasta entonces siempre había creído que ella era la única que contaba el tiempo que llevaban juntos y las cosas que habían sucedido.

–Nunca dejas de sorprenderme –continuó él, con una sonrisa–. A veces eres maravillosamente libertina y otras, tímida. Pero por mucho que desee acostarme contigo, obtengo un placer similar con el simple honor de cuidarte. Estás tan pálida, y pareces tan cansada... ¿Te encuentras bien? ¿Quieres que llame a mi médico?

Faruq la tomó del brazo y la llevó hacia la enorme cama circular, cubierta con sábanas de seda de color azul medianoche.

Ella sacudió la cabeza.

–No, sólo tengo unos calambres.

–En tal caso, permíteme que te dé un masaje. Entre mis manos y los aceites mágicos de mi reino, te aseguro que tus dolores se desvanecerán.

–No.

La reacción de Carmen fue tan seca que él la miró con confusión.

—¿Qué sucede?

Carmen tenía que decírselo. No podía esperar más. Si seguía aplazando el momento, sucumbiría a sus encantos.

—Me vuelvo a casa —contestó.

Faruq se quedó helado y tardó unos segundos en reaccionar.

—Te lo preguntaré otra vez... ¿qué sucede?

—Nada malo. Pero quiero volver a Los Ángeles.

—¿Por qué? —preguntó, sorprendido.

—Creía que era libre de marcharme cuando quisiera...

—No, no lo eres —declaró él—. No sin dar una explicación para tan abrupta exigencia.

—No es una exigencia, sino una decisión. Y tampoco es abrupta. Hace tiempo que quería decírtelo.

—¿Ah, sí? —espetó.

Carmen le dio la espalda, incapaz de sostener su mirada.

—Ya basta, Carmen. No sé lo que te ocurre, pero si estás enfadada conmigo...

—No, no lo estoy.

—Pues dime qué te pasa. No es posible que quieras marcharte. No permitiré que...

—No te estoy pidiendo permiso —lo interrumpió, alzando el tono de voz—. Sólo te estoy informando.

—No irás a ninguna parte hasta que me digas la verdad. Si te has metido en algún lío...

—No me he metido en ningún lío.

Carmen pensó que lo había subestimado. Había olvidado que además de ser su amante, también era un príncipe acostumbrado al poder y a salirse con la suya. La presionaría hasta que le confesara la verdad, y no se lo podía permitir.

Desesperada, buscó alguna forma de escapar de la situación.

–Al contrario de lo que pensáis en tu Judar nativa, donde tu palabra es la ley, éste es un país libre –murmuró–. Las mujeres tenemos los mismos derechos que los hombres; podemos buscar el placer donde y como queramos, y cambiar de idea cuando nos apetezca.

Faruq retrocedió como si le hubiera dado una bofetada.

–Y tú has cambiado de idea... –ironizó–. Entonces, ¿por qué es tan evidente que me deseas?

Carmen supo que estaba perdiendo el control de la situación. Había cometido un error al regresar. Pero necesitaba despedirse de él, verlo por última vez.

–¿Que te deseo? Sí, claro, eso es lo que te gustaría pensar...

Faruq la miró con ira, pero se contuvo.

–¿Qué te parece si nos dejamos de tonterías? Estoy acostumbrado a jugar a muchas cosas, pero en mi cama no permito más juego que el sexual. ¿Qué ocurre? ¿Piensas que durante las seis semanas que nos quedan deberías obtener algo más substancioso que compartir mi lecho y mis privilegios? Muy bien, tal vez tengas razón. Debería haberlo supuesto. Así que, si tienes alguna petición... hazla. Sea lo que sea, lo aceptaré.

Carmen sintió una punzada de dolor. Faruq pensaba que aquello no era más que una forma de extorsionarlo para sacarle dinero. Y sin embargo, estaba dispuesto a tragarse su orgullo y concederle lo que pidiera.

Tenía que poner punto final a la situación.

–Te equivocas. Pensé que te debía la cortesía de despedirme de ti antes de marcharme –declaró–. Si llego a saber que reaccionarías con tanta arrogancia y de un modo tan poco civilizado, me habría ahorrado el disgusto. Has sido un buen amante, Faruq, pero en el mundo hay más hombres. Me gusta la variedad, y prefiero marcharme antes de que me empiecen a aburrir. No tenía intención de plantearlo en estos términos, pero no me has dejado elección.

Aunque Carmen estaba a punto de desmayarse, logró alcanzar el bolso y salir de la habitación y de su mundo.

Pensó en el niño que llevaba en su vientre, en un niño que indiscutiblemente se parecería a su padre. Pero la imagen que se llevó, la que quedó grabada en su retina, fue la de un hombre hostil y casi desconocido a quien no volvería a ver.

Capítulo Uno

—Bagha, bagha...

Carmen estaba poniendo las cortinas de la habitación de Mennah y se detuvo al oír la palabra nueva que había aprendido su hija.

Cuando nació, tenía tantos deseos de sentirla entre sus brazos que prácticamente se la arrebató al médico; fue tan emocionante que tuvo miedo de no sobrevivir al torrente de emociones que la embargaban. Luego llegó el momento de elegir un nombre, y encontró uno perfecto para ella, uno del idioma de su padre: Mennah, que significaba «regalo de Dios».

Ahora, su regalo estaba introduciendo los deditos entre los barrotes del parque, usándolos para ponerse de pie. Pero cuando los soltó, cayó de espaldas con un grito de asombro y Carmen soltó una carcajada.

—Ay, Mennah, Mennah... tienes demasiada prisa.

Era verdad. A los seis meses ya podía sentarse sola; a los siete, gateaba; y a los nueve, ya estaba en vías de superar otro obstáculo y aprender a caminar.

Mennah alargó los brazos hacia ella, sonriendo. Carmen se inclinó sobre ella, la agarró contra su pecho.

—*Bagha, bagha...*

—Sí, mi niña, ya sé que quieres decirme algo, pero tu mamá es tan tonta que no te entiende... dame un día más y descubriré lo que pretendes decir. Aunque pensándolo bien, ¿no será que tienes hambre? No has tomado nada desde hace dos horas.

Carmen se desabrochó la camisa para darle de mamar, pero la niña reaccionó con golpecitos en parte juguetones y en parte, de recriminación.

Su madre suspiró.

—Así que no te apetece el producto de tu mamá, ¿eh?

Mennah soltó una risita y Carmen volvió a suspirar. Su hija también se estaba adelantando en ese sentido; ya había empezado a darle alimentos sólidos y cada día se resistía más a tomar su leche, así que su flujo también había descendido.

—No debí darte esos trocitos de mi solomillo, preciosa. Al parecer, Faruq y tú tenéis más cosas en común de lo que había imaginado... a él también le encanta la carne.

Carmen dejó de hablar. Su hija la miraba como si quisiera absorber cada una de sus palabras. Y aunque era demasiado pequeña para entender nada, sabía que más tarde o más temprano querría saber algo de su padre, y que ella no podría decirle la verdad en muchos años.

Salió de la habitación, caminó hasta la cocina y sentó a la niña en su sillita.

—Ahora, *bagha, bagha...*

Carmen dejó a Mennah con sus juguetes y se puso a preparar una salsa de champiñones. Siempre pasaba lo mismo; encendía el equipo de música, se ponía a cantar, la niña chillaba entusiasmada, y de vez en cuando se apartaba de la cocina para acercarle los juguetes que había desparramado por todas partes. Por eso, cuando pasaron dos minutos sin que Mennah la interrumpiera con sus chillidos estridentes, se giró y la miró.

Se había quedado dormida en la silla. Tenía la costumbre de dormirse así, de repente. Y si lo había conseguido en un lugar lleno de aromas apetecibles, es que no tendría hambre.

Carmen suspiró, apagó la música, sacó a Mennah de la sillita y la tumbó en la cuna.

La canción había terminado.

Pero el dolor de su corazón, no.

Y ése no era el único síntoma de la desesperación de Faruq, que llevaba todo el día allí, de pie, escuchando los sonidos que llegaban del interior del piso, oyendo las canciones de una madre y los gritos de un bebé: una melodía tan irresistible como el canto de las sirenas.

Más de una vez había estado a punto de llamar al timbre; o mejor aún, de forzar la entrada. Pero se contuvo y se contentó con apretar la oreja contra la puerta y acariciarla como si acariciara a las inquilinas del piso.

Tenía la sensación de que iba a estallar en cualquier momento. Llevaba demasiado tiempo acumulando rabia. Primero, cuando Carmen lo abandonó; después, cuando siguió su pista para enfrentarse a ella e intentar reconquistar su afecto; más tarde, cuando la sorprendió subiendo al coche de su primo Tareq; y finalmente, cuando habló con Tareq para pedirle explicaciones y descubrió el motivo verdadero por el que Carmen se había marchado.

Su primo, que también era su mayor enemigo, le confesó que había pagado a Carmen para que lo sedujera, se quedara embarazada y organizara tal escándalo que dañara su imagen de príncipe heredero e impidiera su acceso al trono. Según Tareq, el rey se había enterado y le había obligado a abandonar el plan y a pedirle a Carmen que lo abandonara.

En su momento, Faruq pensó que la historia era verosímil. Encajaba con lo sucedido durante su corta relación con Carmen.

Pero luego, apenas unas horas antes de plantarse delante de su piso, supo toda la verdad.

Y apenas podía contener su furia.

Hasta la aparición de Carmen, él siempre había sido un hombre acostumbrado a controlarse en cualquier situación. Pero ahora se sentía dominado por sus necesidades y sus deseos, y ni siquiera podía pensar con claridad.

Apoyó la frente en la puerta y respiró a fondo para intentar tranquilizarse.

Al cabo de unos minutos, cuando ya lo había conseguido, tomó una decisión: no volvería a permitir que sus sentimientos lo afectaran de ese modo, nunca, bajo ningún concepto. Entraría en el piso y tomaría lo que quería. Como siempre.

Se enderezó, apretó los dientes y llevó el índice hacia el timbre de la puerta.

Carmen se sobresaltó al oír el sonido. El timbre de la casa sonaba pocas veces, pero el electricista le había prometido que iría por allí para arreglar el cortocircuito del lavadero. Le había asegurado que pasaría en dos días y ya habían pasado cuatro.

Suspiró, comprobó el micrófono que había instalado para escuchar a Mennah cuando ella estaba lejos y se ajustó el receptor a la cintura de los vaqueros. Mientras caminaba hacia la puerta, se llevó las manos al pelo con intención de alisárselo un poco, pero se detuvo: el electricista no merecía que se arreglara para recibirlo. Llegaba sin avisar y dos días después de lo anunciado.

Su corazón no se detuvo exactamente cuando abrió la puerta. Tardó unos segundos, lo que su cerebro tardó en asumir la sorpresa.

Sintió incredulidad, miedo, desesperación.

Había dejado su trabajo para cuidar de Mennah y se había mudado al otro extremo del continente, siempre con miedo de que Faruq se presentara cualquier día en la puerta, pero no lo había hecho, y al final se convenció de que no la estaba buscando o de que no había dado con su pista.

Hasta ese día.

Porque el hombre que estaba allí era, evidentemente, Faruq.

—Puedes ahorrarte los saludos —dijo él.

Carmen tuvo que apoyarse en el marco para no caerse del susto. Faruq entró en el piso sin esperar invitación y ella supo que debía librarse de él como fuera, a cualquier precio. El simple sonido de su voz había bastado para inflamar su deseo, para que recordara cada momento de los días compartidos.

—¿Ya has terminado con tu actuación? ¿O todavía me reservas un último acto? —preguntó él.

Carmen lo miró y pensó que ya no era el mismo. Ni siquiera la hablaba con la hostilidad del último día, sino con la frialdad de un científico que estudiara un fragmento de materia inanimada.

Segundos después, Faruq sonrió y sacudió la cabeza.

—Debo decir que tu capacidad dramática está empeorando. La exageración nunca ha sido tu mejor virtud.

Como ella seguía sin hablar, Faruq miró a su alrededor y echó un vistazo a la casa. Miró cada centímetro cuadrado, cada mueble, cada elemento decorativo. Era un lugar bastante agradable, pero el príncipe estaba acostumbrado a los lujos y Carmen supuso que lo encontraría aburrido y poco elegante.

—Te ha debido de salir muy cara —declaró—. En otras circunstancias, me preguntaría de dónde has sacado el dinero... pero lo sé.

Carmen estuvo a punto de preguntar qué pretendía decir con eso, pero no tenía fuerzas para hablar; apenas podía respirar, y su indiferencia y su frialdad la estaban volviendo loca. Sin darse cuenta de lo que hacía, estiró un brazo y apretó una mano contra su pecho. Y entonces lo vio. En sus ojos. Una respuesta, un destello de pasión entre el hielo, como una explosión nuclear.

Faruq le apartó la mano y ella gimió.

—Huele bien... ¿Solomillo con salsa de champiñones, quizás?

Carmen no dijo nada.

—¿Esperas a alguien? ¿Tal vez a tu... patrocinador? Sea como sea, creo que ya es hora de que abras la boca y digas algo. Lo que ha empezado con un monólogo por mi parte está a punto de convertirse en un soliloquio.

La ironía de Faruq sirvió para que reaccionara.

—¿Qué estás haciendo aquí?

—Vaya, me alegra saber que sabes hablar. El número de la mujer muda empezaba a aburrirme.

—Basta ya, Faruq...

—¿Basta? ¿De qué? ¿De criticar tus defectos como actriz? Eso sólo es culpa tuya, querida. Se ve que últimamente no has practicado mucho.

—Por favor... tú no lo entiendes...

—No insistas con este jueguecito, Carmen. Para triunfar en el teatro tienes que atenerte a lo que sabes hacer. Te aconsejo que no vuelvas a aceptar papeles que no sabes interpretar. Te quedan grandes.

–Por Dios, deja de hablar con acertijos... no entiendo lo que me dices –espetó–. ¿Qué estás haciendo aquí?

Faruq arqueó una ceja.

–Veo que vas a seguir hasta el final... ¿O es que intentas probar mi paciencia? Yo diría que el motivo de mi presencia en esta casa es más que evidente.

Ella sacudió la cabeza.

–No, para mí no lo es. Así que deja de decir tonterías, di lo que tengas que decir y déjame en paz –declaró–. Te lo ruego.

Los ojos de Faruq se clavaron en ella.

–En cierta ocasión te dije que estoy acostumbrado a jugar a muchas cosas, pero te creía lo suficientemente lista como para no mezclarte con los manipuladores que intentan acabar conmigo; o por lo menos, para no repetir dos veces el mismo truco. Por lo visto, he sobrestimado tu cociente intelectual... Pero ésta será la última vez. Saborea el momento mientras puedas. ¿Quieres hacerme creer que no sabes por qué estoy aquí? Está bien, adelante.

Faruq inclinó la cabeza, la miró con intensidad y añadió, cortante:

–He venido a buscar a mi hija.

Capítulo Dos

Las palabras de Faruq pulverizaron el corazón de Carmen. Pero algo la mantuvo en pie. Tal vez, la esperanza de estar soñando.

–¿Qué...? ¿Qué has dicho?

Faruq suspiró. El volcán que llevaba en su interior empezaba a asomar bajo su actitud fría.

–Déjate de juegos. Tienes a mi hija. He venido a buscarla.

Carmen supo que no era un sueño.

Faruq lo sabía.

De algún modo, había descubierto la verdad.

Y estaba allí para llevarse a Mennah. Para arrebatársela.

Pero por terribles que fueran sus intenciones, no se lo permitiría. Faruq no podía quitarle un hijo a su madre. No estaban en Judar, donde los deseos del príncipe eran la única ley que contaba. Estaban en un país democrático.

Se preguntó cómo lo habría sabido. Si la había investigado, no habría tardado en llegar a la conclusión de que Mennah era hija suya. Pero no entendía que quisiera tenerla con él; había dado por supuesto que no la querría, sobre todo porque se había quedado embarazada tras asegurarle que eso era imposible. Y no le había mentido. Tenía docenas de informes de especialistas que aseguraban que era estéril.

Pensó en sus palabras, en cuántas veces le había dicho que quería poseerla, entrar en ella sin barreras de ninguna clase, deshacerse en su interior. Carmen sabía que Faruq no se habría detenido, en ningún caso, durante su primera noche de amor.

Sin embargo, no quería pensar en eso.

—¿Por qué crees que mi hija es tuya?

Carmen lo preguntó con temor, casi con pánico. De repente, se le había ocurrido que estaba allí para deshacerse de ella. Y cuando Faruq se llevó una mano al bolsillo, realmente creyó que iba a sacar una pistola.

Pero sólo era una fotografía.

Una fotografía de Mennah, sentada en un lugar desconocido, jugando con un juguete desconocido, llevando ropa desconocida y sonriendo.

No entendió nada. Era Mennah sin duda alguna, pero ella nunca la dejaba sola, sólo se apartaba de su hija cuando la dejaba en la cuna, como en aquel momento. Y sin embargo, era obvio que alguien había aprovechado algún descuido para sacar aquella imagen.

—¿Cómo es posible? Nunca me alejo de Mennah. ¿Cómo has podido...?

—No he podido —la interrumpió—. Esta fotografía no es de tu... de mi hija —puntualizó—. Es de mi hermana, Jala, cuando tenía su edad. Pero se parecen tanto como dos gotas de agua. Mennah es hija mía. Así que déjate de histerismos y vayamos al grano.

–¿A qué te refieres?
–A que no te perdonaré nunca lo que has hecho.

Faruq la miró y tuvo la impresión de que el tiempo se había detenido. Sus pensamientos retrocedieron año y medio, hasta el día en que conoció a Carmen en un salón de actos.

Como príncipe y multimillonario que era, estaba acostumbrado a gozar de la atención de mujeres extraordinariamente hermosas, dispuestas a hacer cualquier cosa por seducirlo. Pero Carmen no era como las demás, no pretendía echar mano a su fortuna; se acercó a él de forma tímida, casi mojigata, y él se quedó encantado con ella desde el primer momento. Sin embargo, ahora sabía que todo había sido una estrategia vulgar para que bajara la guardia.

Al recordar aquellos días, al pensar en el efecto de sus ojos azules, de su cara perfecta y de un cuerpo que parecía la suma total de sus fantasías eróticas, comprendió que se hubiera vuelto loco por ella. Habían sido tres meses de un amor único, irrepetible. Y él habría dado su vida por seguir a su lado.

Desde la marcha de Carmen, Faruq no había hecho otra cosa que intentar borrar el sabor de su boca y el eco de sus caricias. Se había acostado con muchas mujeres, pensando que lo salvarían de su adición, pero siempre lo dejaban insatisfecho. La quería demasiado.

Volvió a mirar a su alrededor, intentando mantener el control, y se dijo que aquel piso le habría costado una fortuna. Estaba en uno de los edificios más caros de uno de los barrios más caros de una de las ciudades más caras del mundo, Nueva York. Y sólo había una persona que pudiera haberle dado el dinero: Tareq.

Su primo había tenido mucha suerte. Había encontrado a Carmen en el momento preciso, durante su viaje alrededor del mundo, y la había utilizado para desacreditarlo. Y él, que al principio la había tomado por un regalo de los dioses, descubrió que en realidad era una trampa de un diablo. Concretamente, de uno al que la maldad le había salido por la culata.

Todo había empezado con el fallecimiento de los padres de Tareq y de Faruq, que eran hermanos del rey. Como éste no tenía hijos, sus descendientes directos más cercanos eran los dos sobrinos, y como Tareq era el mayor, dio por sentado que él se convertiría en el heredero de la corona. Pero el rey desconfiaba de las actividades de Tareq y declaró públicamente que volvería a casarse y tendría descendencia directa, lo cual solventaba el problema.

Sin embargo, el rey no se volvió a casar. Las cosas estaban como antes y no le quedó más remedio que declarar que el heredero no lo sería por edad sino por méritos propios: una estratagema para que fuera Faruq, y no Tareq, quien ascendiera al trono.

Luego, durante el viaje de Faruq alrededor del mundo, Tareq aprovechó la ocasión para sembrar dudas sobre él. Faruq suponía que había contratado a Carmen, una mujer occidental, para que se quedara embarazada y arruinara sus posibilidades. Además, se dedicó a recordar que Faruq no estaba casado y que eso iría contra las costumbres del reino. Por desgracia para él, el rey aprovechó la ocasión y decretó que el primero de los primos que contrajera matrimonio y tuviera un hijo, sería el heredero.

Lo único que necesitaba Faruq para salirse con la suya y acabar con las aspiraciones de Tareq era superar su fobia al matrimonio, como bien le recordó su tío. Pero al día siguiente, Carmen se marchó.

Cuando los dos primos se encontraron, Tareq se felicitó de su suerte y dijo que se alegraba de que el rey hubiera abortado su plan original, porque si Carmen se hubiera quedado embarazada, Faruq lo habría tenido más fácil para ser rey. Ése había sido el engaño. Y Faruq lo creyó hasta que supo que Carmen no se había marchado por eso, sino por todo lo contrario: porque efectivamente se había quedado embarazada.

Sólo había una cosa que no encajaba en el asunto. Si Carmen era consciente de la situación política, se habría quedado con él y habría intentado aprovechar su embarazo para extorsionarlo. No habría aceptado la oferta de Tareq. No se habría ido.

–Ya veo que no tienes nada que decir –declaró él–. Es una decisión muy sabia por tu parte.

–¿Cómo lo has sabido? –repitió ella–. ¿Cómo nos has encontrado?

Faruq había tardado varios meses en localizar su paradero. Había encargado la búsqueda a los mejores profesionales de su país, que finalmente consiguieron la dirección, un informe general y una fotografía en la que aparecían ella y una niña. Una niña idéntica a su hermana. Y casi una réplica femenina de él mismo a su edad.

–Yo siempre encuentro lo que quiero –afirmó–. Y ahora, quiero ver a mi hija.

Faruq pasó a su lado.

–No.

Carmen lo agarró del brazo, intentando detenerlo. Pero fue inútil.

–Está durmiendo... –añadió.

–¿Y qué? Los padres entran en las habitaciones de sus hijas todo el tiempo. Tu ya has estado nueve meses con ella. No voy a permitir que la apartes de mí ni un minuto más.

Carmen se interpuso en su camino.

–Sólo te dejaré verla si me prometes que...

Faruq se la quitó de encima.

–Nadie va a impedir que la vea, y mucho menos tú. Yo hago lo que quiero. Y todo el mundo obedece –espetó.

Carmen no se rindió. Volvió a arrojarse sobre él.

—Apártate de mi camino, Carmen. No vas a interponerte entre la carne de mi carne y yo.

—Pero si yo no...

—¿Aún te atreves a negarlo? ¿No es eso lo que has estado haciendo? ¿Cómo lo llamarías tú? –preguntó–. Lo has mantenido en secreto. E incluso ahora, intentas convencerme de que no soy su padre.

—Por favor, no sigas... –le rogó–. Me marché porque conozco la cultura de tu país y sabía que si dejabas embarazada a una mujer extranjera, se organizaría un escándalo y tendrías problemas políticos...

—Oh, vaya... Ahora eres experta en la cultura de mi país y en mi situación política –se burló–. Y por eso, para evitarme un problema, te marchaste y ni siquiera me dijiste que estabas embarazada.

Ella asintió.

—Sí, exactamente por eso. ¿Cómo podía decirte que esperaba un hijo tuyo? Además, te aseguré que no necesitábamos utilizar preservativos, que yo estaba protegida y que...

Faruq se encogió de hombros.

—Muchas mujeres se quedan embarazadas en circunstancias parecidas. Son cosas que pasan, nada más... Estoy seguro de que las estadísticas sobre fallos de sistemas contraceptivos ha servido de excusa a un sinfín de mujeres en tu situación. No soy tonto, Carmen, y si realmente me hubiera querido asegurar, habría usado preservativos por mucho que tú afirmaras que no era necesario. Pero no lo hice.

Faruq lo recordaba muy bien.

Aquella primera noche, cuando terminaron de cenar, estaba desesperado. Por primera vez en su vida, había decidido esperar por una mujer; quería darle más tiempo, darse más tiempo a sí mismo para conocerla, que la perfección siguiera su camino. Se sentía tan cerca de ella que se habría contentado con saborear su complicidad y su amistad sin la satisfacción del placer físico. De hecho, ya había decidido terminar la noche con un simple beso de despedida cuando ella saboteó sus intenciones y pulverizó sus expectativas.

Carmen se le ofreció con tal combinación de timidez, resolución y pasión que estuvo a punto de rechazarla. Parecía algo avergonzada por ello, pero al mismo tiempo no podía controlar el deseo por él. Y Faruq no pudo evitarlo, la llevó a sus habitaciones y empezó a hacerle el amor. Cuando se dio cuenta de que no tenía preservativos, se lo dijo y le propuso que se dieran placer mutuamente sin ir más lejos, pero ella le aseguró que eso no era un problema.

Él ni siquiera dudó de su sinceridad. Deseaba que Carmen fuera la primera mujer con quien se acostaba sin barreras, sin nada que entorpeciera el contacto de su piel, la sensación de su calor y de su humedad. Y durante seis semanas mágicas, se había abandonado a ella con total confianza.

–No, no lo hice –continuó él, recordando lo sucedido con un gesto de disgusto–. Así que la culpa es de los dos... aunque dudo que la palabra «culpa» tenga nada que ver con el nacimiento de un niño. Y mucho menos, con mi hija.

–Faruq... yo no sabía que reaccionarías así. Sólo querías estar conmigo tres meses. Pensé que rechazarías el bebé si me quedaba accidentalmente embarazada y...

Faruq rió.

–¿Accidentalmente? ¿De verdad? –ironizó–. Bueno, da igual cómo o por qué te quedaste embarazada. No me importa. Esa niña es mi hija y la quiero.

La reacción de Carmen fue espectacular.

Se apartó de la puerta y avanzó hacia él como una leona dispuesta a defender a sus cachorros.

–No –rugió–. No es tuya. Es mía. Mía.

Él frunció el ceño.

–¿Quieres enfrentarte a mí? ¿Necesito recordarte que nadie me ha vencido nunca y que tus posibilidades de ganar son prácticamente inexistentes?

Carmen lo miró con horror. El príncipe se había limitado a decir la verdad; era un hombre inmensamente poderoso.

–¿Por qué haces esto, Faruq?

–Ya te lo he dicho. Porque quiero a mi hija.

Faruq se detuvo un momento, sin saber qué hacer o qué decir. La cercanía de Carmen estaba quebrantando su confianza en sí mismo y disolviendo su ira. Pero apretó los dientes y añadió:

–Quiero a mi hija y la tendré.

Los ojos de Carmen se llenaron de lágrimas. Y aunque Faruq estaba acostumbrado a todo, se dio cuenta de que ella no estaba fingiendo. Sus sentimientos eran reales y profundos. Estaba desesperada. Tenía miedo.

Durante un momento, sintió la tentación de acercarse a ella y abrazarla.

–Compréndelo, Faruq... por favor. Te oculté el embarazo porque tenía miedo de que quisieras que abortara.

–¿Pensaste que no querría tenerla? –preguntó él, asombrado–. ¿Y tú crees saber algo de mí? Creía que me conocías mejor, Carmen. Pero dime, ¿de qué tenías miedo cuando nació? ¿De que apareciera con una horda de bárbaros de mi país y la enterrara viva?

Carmen respondió entre sollozos.

–Yo... sólo pensé que... me pareció que sería una ofensa para ti, un peligro para tu posición social... y no quise arriesgarme. No quería que la hicieras daño.

–¿Que la hiciera daño? No te comprendo. Me has visto en mi trabajo, luchando por el bienestar de millones de niños, y sin embargo, crees que podría hacer daño a mi propia hija. Por todos los diablos. ¿Pensabas que no aparecería y por eso no has inventado una excusa más verosímil?

Ella sacudió la cabeza.

–¿Por qué la quieres? –preguntó–. Pensaba que en Judar sólo queríais tener hijos varones. ¿De que te sirve una niña? No podría ser tu heredera.

–Vaya, primero me crees capaz de librarme de ella por el delito de nacer y ahora por el delito de no ser varón.

Carmen alzó los brazos en gesto de impotencia, buscando su clemencia y su perdón.

Pero Faruq no estaba dispuesto a concedérselos.

–Ya basta de tonterías.

–Faruq, te estoy diciendo la verdad. Nunca pensé que la querrías.

Faruq la miró y tuvo que contener el deseo que sentía por ella. Cuando Carmen lo había abandonado, llegó a considerar la posibilidad de casarse con cualquier otra mujer; aunque sólo fuera para equilibrar fuerzas con Tareq, que se había apresurado a casarse para ser el primero en tener descendencia y convertirse en heredero a la corona. Pero no quiso hacerlo. Y como el rey ya no podía anular el decreto de sucesión, le pidió que detuviera el proceso hasta que encontrara pruebas sobre los negocios turbios de su primo.

Ahora, cuando estaba a punto de demostrar que Tareq no era apto para el trono, descubría que Carmen le había dado una hija y encontraba la forma más rápida de asegurarse la sucesión. Pero eso no evitaría que Tareq quedara sin castigo. Ni que castigara a la propia Carmen por lo que había hecho.

–Enséñame a mi hija, Carmen.

Ni siquiera supo por qué se lo pidió. Él nunca pedía permiso a nadie. Y nunca se mostraba tan amable con quien lo había traicionado.

Pero supuso que actuaba así por el bien de Mennah. No quería entrar en su habitación y en su vida con más ira que amor. Los niños eran muy listos y notaban la tensión entre los adultos.

–Deja de llorar. No quiero que mi hija me vea por primera vez y que su madre esté llorando a mi lado. Asociaría mi presencia con el dolor.

–Y haría bien, porque me estás destrozando.

Faruq hizo una mueca de desagrado.

–Déjate ya de melodramas, Carmen. A no ser que verdaderamente quieras que mi hija me odie. ¿Es eso lo que pretendes?

–No, no... yo nunca...

Carmen se arrojó a sus brazos, sollozando, y Faruq tuvo que cerrar las manos sobre su cintura y apretarla contra su pecho para impedir que cayera al suelo.

–No te lleves a mi hija, por favor. Me moriría sin ella.

Capítulo Tres

Faruq miró a Carmen durante unos segundos. Conocía el poder de las lágrimas y lo había visto muchas veces en acción, tanto en hombres como en mujeres. Pero las lágrimas de Carmen eran diferentes. No intentaba manipularlo. Estaba sinceramente preocupada por la posibilidad de que quisiera llevarse a Mennah.

En ese momento se dio cuenta de que no sabía lo que quería hacer. Cuando supo que tenía una hija, subió a su avión privado y se plantó delante de su casa. En realidad no había tenido tiempo de pensar. Además, estaba convencido de que Carmen lo había traicionado por dinero y ahora se encontraba con una mujer que no parecía estar actuando y cuyo único temor era el bienestar de su pequeña.

Se preguntó si sería verdad. Aunque se hubiera quedado embarazada por motivos poco éticos, eso no significaba que no quisiera a Mennah.

Faruq sabía que quitársela no sería más complicado que robarle un juguete a un niño; y teniendo en cuenta lo que le había hecho, estaba claro que merecía un castigo. Pero por mucho que ella creyera lo contrario, no tenía intención de arrebatársela; sólo quería que reconociera sus derechos como padre.

Fuera como fuera, su miedo era real. Aunque hubiera actuado en connivencia con Tareq, su angustia era real. Y por si fuera poco, la quería tanto que habría sido capaz de arrodillarse ante ella y pedirle que lo perdonara.

Por sin, se maldijo a sí mismo por ser tan estúpido y declaró:

–Deja de llorar, Carmen. No te la quitaré.

Carmen oyó sus palabras. Pero un segundo después se hizo el silencio, y la oscuridad.

Al cabo de un rato, los sonidos regresaron. Oyó los latidos de su corazón, pero también los de otro, más firme, más lento y más poderoso que el suyo: los de la pared viviente contra la que se apretaba.

El resto de sus sentidos se fusionaron. El olor, el aroma a virilidad y fuerza. El contacto, la transmisión del lujo del cachemir, de la seda y del poder. La orientación, el descubrimiento de tener la cabeza contra su pecho, los senos contra su abdomen. La vista, clavada en su ceño fruncido que cincelaba aún más sus rasgos y apagaba el brillo de sus ojos dorados.

La llevaba en brazos, a alguna parte. Carmen pensó que iba a darle otra sesión de delirio y éxtasis y su cuerpo empezó a prepararse para su asalto, para su posesión. Pero al sentir sus zancadas, comprendió que aquello no era el dulce pasado, sino el opresivo presente. Y como todavía no estaba segura de sus intenciones, se resistió.

–No te muevas. Te has desmayado.

–Suéltame. Ya me encuentro mejor.

–Te dejaré en tu cama, así que deja de resistirte.

Ella sacudió la cabeza, confusa.

–¿Has dicho que no vas a...?

Faruq no respondió a la pregunta. La dejó en la cama con mucho cuidado, se inclinó sobre ella y la observó como en los viejos tiempos, como si intentara decidir qué parte de ella iba a devorar en primer lugar.

–En efecto, Carmen. He dicho que no te voy a quitar a Mennah. No soy el monstruo que crees –afirmó.

–Nunca he pensado que lo fueras.

–¿Ah, no? Si no recuerdo mal, creíste que te obligaría a abortar o que aparecería de repente y te la robaría para salvaguardar mi posición en la corte de Judar. Si eso no es ser un monstruo, dime qué es.

–Lo siento, Faruq, lo siento tanto...

Carmen se aferró a él, desesperada por hacérselo comprender.

–Tenía tanto miedo... –continuó–. No podía permitirme un margen de error; debía ponerme en el peor de los casos. Supuse que me considerarías una mentirosa por haberme quedado embarazada y no te conocía lo suficiente como para saber cómo reaccionarías. Además, no se trataba de ti ni de mí, sino de ella. Ella es lo único importante. Para mí lo es todo. Todo.

Los ojos de Faruq brillaron con emociones que Carmen no pudo definir. Pero apartó la mirada de ella, echó un vistazo a la habitación y sintió que estaba refrenando su ira. Sólo entonces, comprendió el tamaño de la afrenta que le había causado. Lo había tomado por un hombre que no era y había tomado decisiones que le habían herido profundamente.

En ese momento se oyó una especie de gorjeo. Era Mennah. Faruq bajó la mirada hacia la fuente del sonido y vio el receptor que Carmen llevaba en la cintura.

–Se ha despertado...

Él se levantó como impelido por un resorte y se dirigió a la habitación de la pequeña, que estaba al lado. Pero Carmen se interpuso.

–Deja que entre yo primero.

Faruq miró la puerta y suspiró.

–*Zain*, bien. Pero insisto en que quiero ver a mi hija. Espero que no te desmayes otra vez para evitarlo.

–¿Crees que mi desmayo ha sido fingido?

–Eso no tiene importancia ahora –dijo con impaciencia.

–Pues...

–Olvídalo. No, no creo que seas capaz de fingir tan bien. Y deja de retrasar el momento.

–Vaya, ahora me disculpas porque consideras que mis habilidades dramáticas no están ni a la altura de un desmayo. Pero no intento retrasar el momento. Si te quitas de en medio, entraré y te llamaré para que entres en cuanto...

–No, nada de eso. Te permito que entres antes que yo, pero no sola. No pongas mi paciencia a prueba, Carmen.

–¿O qué? –lo retó.

Él arqueó las cejas.

–Sorprendente. Así que abandonas la táctica teatral y pasas a... ¿a qué? ¿a una estrategia de arpía? –preguntó.

Ella suspiró, irritada.

–¿Quién está perdiendo el tiempo ahora? Apártate para que pueda ver a mi hija. Cuando se despierta en la cuna, se contenta con refunfuñar durante un rato... pero no me gusta que esté sola –explicó.

Faruq se inclinó con gesto teatral y la invitó a entrar.

Ella abrió la puerta.

–¿Cómo es posible que la tengas durmiendo a oscuras? –preguntó él.

–¿Tienes algún problema con eso?

Carmen volvió a cerrar la puerta. No quería que su conversación con Faruq sobresaltara a la pequeña.

–Deberías dejar una luz encendida. Si se despierta en un pozo negro, podría asustarse.

–¿Ésa es tu experta opinión? –bromeó–. ¿Te ha parecido que esté asustada?

Faruq gruñó.

–Mira, mi madre nunca permitió que durmiera sin una luz encendida –continuó ella–, y yo desarrollé fobia a la oscuridad. Tardé muchos años en quitármela de encima.

–Es la primera vez que me hablas de tu madre...

Ella lo miró.

–¿Por qué lo dices? ¿Es que te sorprende que tuviera madre?

–¿Que tuvieras? ¿Por qué hablas en pasado? ¿Ha fallecido?

Carmen asintió.

–Sí, murió de cáncer.

–¿Cuándo?

–Hace diez años. El día en que yo cumplía dieciséis.

Faruq entrecerró los ojos y su color ámbar se intensificó.

–¿El mismo día?

Carmen volvió a asentir y sus ojos se llenaron de lágrimas.

No entendía que la presionara de ese modo, ni sabía por qué le había comentado de repente lo de su madre. Durante su corta relación, le había contado muy pocas cosas de su vida; cuando hablaban, la conversación solía girar alrededor de los gustos, las creencias y las fantasías de él. Estaba segura de que en alguna parte tendría un informe completo sobre ella con todo tipo de datos estadísticos, pero también lo estaba de que no lo habría leído.

Apartó la mirada de sus ojos y declaró:

–Muy bien, vamos allá. Pero no te sorprendas si Mennah se pone a llorar cuando te vea. No le gustan los desconocidos.

—Yo no soy un desconocido...

Faruq estaba tan cerca de ella que podía sentir su aroma y su calor. Era algo tan intenso que tuvo que apoyarse en la puerta.

—Para ella, sí.

Por fin, Carmen abrió la puerta de una vez y encendió la luz. Mennah soltó un chillido y empezó a patalear al ver a su madre.

—Sí, cariño, yo también te quiero...

Cuando Faruq entró y Mennah lo vio detrás de su madre, dejó de chillar, se quedó muy quieta y lo miró con asombro, aparentemente hechizada. Ni rompió a llorar ni se puso nerviosa, como hacía con casi toda la gente.

Carmen se preguntó por qué.

Y la respuesta llegó en seguida a su pensamiento.

Lo había juzgado mal y le había privado de los primeros meses de vida de su hija. Él tendría que haber estado presente desde el principio, haber sido testigo de todos sus momentos. La reacción de Mennah no podía ser más explícita.

—*Hiya yamila.*

Las palabras de Faruq resonaron en el corazón de Carmen; significaban algo sí como «es preciosa».

—Es maravillosa, un pequeño milagro —continuó él.

Carmen no podía estar más de acuerdo. Faruq pasó delante, se inclinó sobre la niña y declaró con voz llena de orgullo, cariño y otras muchas emociones:

—Soy tu padre, pequeña mía.

En ese momento, Carmen comprendió que la preocupación de Faruq era verdadera. Adoraba a Mennah. Acababa de verla por primera vez y ya la quería con todo su corazón.

Justo entonces, la niña soltó una especie de grito y Carmen hizo ademán de ir a ver lo que pasaba. Pero cuando la miró, vio que estaba sonriendo. Y no era una sonrisa normal y corriente, sino una sonrisa enorme, de oreja a oreja. Incluso se sentó en la cuna y extendió las manitas en señal inequívoca: quería que Faruq la tomara en brazos.

—*Ereftini, ya zakeyah...* —dijo su padre, obedeciendo su deseo—. Eres tan inteligente que me has reconocido a primera vista...

La niña toqueteó la cara de su padre, que empezó a reír, y luego apoyó la cabeza contra su pecho como si quisiera inhalar su aroma y empaparse de él.

A Carmen le pareció tan emocionante que supo que no podría contener las lágrimas, así que corrió al cuarto de baño, cerró la puerta y se dejó llevar.

Unos minutos después, Faruq la llamó.

—Tu hija quiere verte, Carmen.

La voz de Faruq ya no sonaba tensa, sino llena de afecto.

Carmen se secó los ojos, se arregló un poco el cabello y salió.

Faruq se había quitado la chaqueta y ahora estaba con el pelo revuelto y la camisa medio desabrochada, como si Mennah se hubiera dedicado a jugar con él. Llevaba a la niña apoyada en la cadera y sonreía con alegría no disimulada; pero Carmen supo que la sonrisa no era para ella, sino una demostración del placer que sentía al estar con su hija.

–Es maravillosa... –dijo él.

Mennah llevó una manita a su pecho y le pegó un tirón en el pelo.

–No, eso no se hace, mi tesoro... deja los pelos de tu papá donde están –declaró Faruq con humor–. Pero espera, creo que tengo algo que te resultará más interesante.

Faruq se metió una mano en el bolsillo y sacó lo que parecía un teléfono móvil. Carmen no estuvo muy segura porque era un modelo especialmente diseñado para él, que no se parecía nada a los normales.

Momentos después, tras pulsar un par de botones, reprodujo un vídeo de animales que se ganó automáticamente la atención de Mennah.

Carmen gimió.

–No se lo dejes, Faruq. Te lo va a destrozar...

–Que lo destroce si quiere.

–No, no, nada de eso.

–No te entiendo...

–Me niego a que entres en su vida y le enseñes que puede destrozar cosas caras cuando le venga en gana. No quiero que me la conviertas en una niña mimada y estúpida que es incapaz de valorar las cosas –declaró.

Faruq la miró con humor.

–¿No crees que exageras un poco?

–No, ni mucho menos. Tú has crecido entre el lujo y no sabes lo que significa ser pobre, pero yo lo sé de sobra y quiero que mi hija sea consciente de la realidad.

–¿Ya te opones a mis métodos paternales? Si no llevo ni diez minutos con ella, Carmen... por Dios, ya estás sacando conclusiones apresuradas otra vez. ¿Crees que la voy a convertir en una criatura insensible, inútil y desconsiderada?

Mennah le ahorró tener que responder. Al instante siguiente, puso en práctica su juego preferido: probar la fuerza de la gravedad. Y el teléfono cayó al suelo.

Carmen se inclinó a recogerlo y miró a Faruq con recriminación.

Él se encogió de hombros.

–Es muy resistente. Mennah no podría romperlo por muchas cosas que le haga. Por eso se lo he dado –explicó.

–Da igual que lo sea. Ahora pensará que tirar cosas al suelo está bien.

–No, en absoluto –declaró con determinación–. No se lo permitiré.

–De eso, nada. Seré yo quién no se lo permita –afirmó ella–. Siempre y cuando dejes de dedicarte a sabotear mis esfuerzos, por supuesto.

Carmen notó que su temperatura subía y que su respiración se entrecortaba cuando alzó la cabeza desde su metro setenta de altura para poder mirarlo a los ojos. Pero la arrogancia de Faruq desapareció y se transformó en algo bien diferente.

—¿A quién estabas esperando? –le preguntó.

Ella parpadeó, sorprendida por el cambio súbito de conversación.

—Al electricista. Tengo un cortocircuito en la luz del lavadero y se suponía que iba a venir a arreglarlo –explicó.

Él arqueó una ceja.

—¿Insinúas que has preparado solomillo con salsa de champiñones para un hombre que viene a cambiarte unos cables?

—No, eso es para Mennah.

—Sí, claro –dijo, escéptico–. Y ahora me dirás que es un menú típico para niñas de nueve meses.

—Se lo di a probar hace un par de días y desde entonces no ha querido mamar, así que he supuesto que si le daba un poco más...

Carmen no terminó la frase. Al mencionar el asunto de la lactancia materna, los ojos de Faruq se clavaron en sus senos y lograron que los pezones se le endurecieran de inmediato. Si conseguía una reacción de ese tipo con una simple mirada, no había nada que no pudiera conseguir de ella.

—Comprendo –dijo él–. De modo que esperabas al electricista.

Ella asintió.

—En efecto.

—Bueno, pues enséñame el problema.

—Estoy segura de que no será nada importante. Lo habría arreglado yo misma, pero estuve a punto de electrocutarme en cierta ocasión y...

—¿Cuándo fue eso?

—Cuando tenía doce años. Pero, ¿a qué viene tanta pregunta?

—Es simple curiosidad, aunque empiezo a creer que tienes demasiadas fobias.

—¿Y qué? ¿Piensas que alguien con fobias no puede ser una buena madre?

Faruq sonrió.

—Eso lo has dicho tú, no yo.

—¡Pero lo has insinuado!

—No, yo no he insinuado nada. He dicho justo lo que quería decir. Y será mejor que recuerdes eso en el futuro, porque tienes tendencia a malinterpretarme.

Carmen se mordió la lengua y lo llevó al lavadero. Faruq le dio a Mennah para que se encargara de ella y después, sin necesidad de alcanzar la escalerilla, estiró su metro noventa y cinco de altura y estudió el casquillo de la lámpara. Después, le pidió un destornillador, cortó la electricidad durante un momento, sacó la bombilla, desmontó el casquillo, hizo algo con los cables y lo volvió a montar. Cuando volvieron a dar la luz, funcionaba.

—Vaya, me has dejado sorprendida...

Faruq sonrió.

—¿Te sorprende que sepa arreglar unos cables?

—Teniendo en cuenta que dispones de cientos de criados a tu servicio, supuse que no sabrías hacer ese tipo de cosas.

—Mis padres me enseñaron bien de pequeño. Sé hacer de todo, y en la mayoría de los casos, mejor que los demás. Si tengo tanta gente a mi servicio es simplemente porque el tiempo es oro y debo dedicarlo a asuntos más importantes.

–Ya veo. Así que eres una especie de mezcla entre jeque árabe y MacGyver –bromeó.

Él sonrió. Pero no a ella, sino a Mennah.

–Bueno, volviendo al asunto del filete...
–¿Otra vez con lo mismo?
–Has dicho que a Mennah le gusta, y olía muy bien cuando he entrado en la casa. Sería una pena que lo desperdiciáramos...
–¿Quieres comer?
–Soy famoso por mi buen apetito.
–Pero estará frío...
–Pues lo calentamos.
–No sé qué decir. Al recalentarlo perdería la suavidad y...

Faruq alcanzó a la pequeña y la tomó nuevamente en brazos.

–Déjamelo a mí. O más bien, a nosotros... Pero, ¿seguro que no estabas esperando a nadie?

–¿A alguien? ¿Te refieres al patrocinador que mencionaste hace un rato? ¿Qué crees? ¿Que me dedico a acostarme con docenas de hombres a pocos metros de mi hija? ¿Por quién me has tomado, Faruq? El simple hecho de que conquistarme te resultara fácil no quiere decir que yo sea una mujer fácil en general. Además, nunca permití que me patrocinaras, por utilizar tu expresión.

–Carmen...

–Sí, es verdad que gocé de los privilegios de tu cargo –continuó ella–, pero seguro que comprobaste tu colección de gemelos de diseño para asegurarte de que no me había llevado ninguno. Espero no haberte decepcionado.

–Lengua viperina y humor sarcástico... lo disimulaste muy bien durante nuestra relación.

–Yo no disimulé nada. No tenía motivos para comportarme así. Entonces no te comportabas como un animal.

–¿Un animal? Si fuera lo que dices, habría entrado en tu piso con mis guardaespaldas y una legión de abogados y me habría llevado a mi hija pasando por encima de tu sollozante y lloriqueante cuerpo. Todavía estoy esperando a que demuestres algún tipo de cortesía y me invites a compartir la comida que habías preparado.

Carmen se sintió tan avergonzada que sólo fue capaz de decir:

–Sí, bueno, está bien... pero si la carne está dura como el cuero y la salsa se ha congelado, no quiero oírlo.

Faruq sonrió.

–¿Pretendes que coma en silencio?

Carmen alzó los ojos al techo.

–Pues mira, no me importaría –contestó.

Faruq volvió a sonreír. Pero esta vez fue una sonrisa clara y cariñosa, sin sarcasmo alguno.

Cuando llegaron a la cocina, Carmen se ofreció a poner a Mennah en su sillita, pero él quiso hacerlo por su cuenta y la dejó con sus juguetes. Después, ella sacó la comida de la nevera y empezó a calentarla en una sartén. Estaba asombrada con la reacción de la niña; no dejaba de mirar a Faruq y de sonreírle.

–Nunca se había portado así con nadie, aunque tampoco conoce a tantas personas... –le confesó–. Estás interpretando maravillosamente tu papel de padre.

–Es que me reconoce, como yo a ella. Tenemos un lazo... elemental, primario.

–Sí, es verdad, ya me había dado cuenta. Y siento haberte privado de sus primeros meses, Faruq. Pero te ruego que me creas, lo hice porque pensé que era lo mejor para ella.

Faruq no dijo nada. O por lo menos, no lo dijo en voz alta, porque en sus ojos apareció el brillo inconfundible de la desconfianza.

Carmen suspiró.

–Mira... estoy dispuesta a hacer todo lo necesario para que Mennah forme parte de tu vida. Para que estés con ella cuando sea posible.

–Yo estaré siempre con ella.

La frase de Faruq no era una petición. Sonó como una declaración, como una orden, casi como un decreto oficial.

–¿Siempre? Pero si vives al otro lado del planeta...

La mirada de Faruq se volvió dura como el acero.

–Y ella vivirá conmigo.

–Pero si has dicho que...

–He dicho que no te la quitaría y no te la quitaré. Las dos vendréis a vivir conmigo. Porque tú y yo nos vamos a casar.

Capítulo Cuatro

Allí olía a chamusquina.

O eso, o se había vuelto completamente loca.

Faruq acababa de decir que iban a casarse; y cuando se apartó repentinamente de Mennah y corrió hacia ella, pensó que la iba a abrazar y se quedó sin aliento.

Pero Faruq pasó de largo y Carmen tardó unos segundos en comprender lo que pasaba. Olía a chamusquina en sentido literal. En su asombro, no se había dado cuenta de que una chispa había saltado a la sartén y había prendido el aceite.

Cuando por fin apagó las llamas, la miró y dijo con desaprobación:

—Parece que estás decidida a dejarme sin comer.

Carmen lo miró. Quería casarse con ella.

Y no entendía por qué.

Perpleja, intentó analizar la situación y sólo se le ocurrió un motivo posible para su oferta de matrimonio: quería casarse por el bien de Mennah.

Se sintió terriblemente emocionada. Tal vez se hubiera enamorado de él a primera vista, pero nunca había fantaseado con la posibilidad de que aquello fuera algo más que una relación física. Y el hecho de que le propusiera el matrimonio, independientemente de los motivos que tuviera para ello, la dejó sin habla.

Faruq no se había dado cuenta de que sus palabras habían caído como una bomba. Alcanzó dos platos para servir la comida, pero luego pareció cambiar de opinión y dijo:

–Tus esfuerzos no han servido de nada. Creo que la carne está perfectamente comestible. Lo único que necesita ahora es una anfitriona que se digne a servirla.

Ella siguió en silencio, desconcertada.

–¿Y bien?

–¿Tan acostumbrado estás a que te sirvan? ¿Por qué no te la sirves tú? –preguntó, indignada por su arrogancia–. ¿O es que sólo sabes hacer cosas supuestamente típicas de hombres? ¿Crees que servir la comida es cosa de mujeres?

Faruq la miró como si pensara que había salido de otro planeta. Y a ella no le extrañó demasiado, porque suponía que no estaba acostumbrado a que la gente le hablara en ese tono.

Mennah eligió ese momento para soltar otro de sus gritítos. Y una vez más, la cara de su padre se transformó y se volvió profundamente cariñosa.

–¿Has oído eso, *ya sagiratī*? Tu madre piensa que puede con todo siempre que tú estés cerca. Pero olvida que a veces no lo estarás.

La inmensa sensualidad de la indirecta de Faruq bastó para que Carmen se derritiera casi literalmente por dentro.

–Si crees que soy capaz de usar a Mennah como escudo contra algo o contra alguien, te equivocas. Además, no necesito escudos para defenderme de ti –espetó ella.

–¿Ah, no? –preguntó, mirándola con humor–. ¿Estás segura de eso?

Carmen lamentó haberlo provocado. Sabía que no era enemigo para él, ni siquiera en su propio país. Era un hombre demasiado poderoso, un diplomático, un multimillonario y un miembro de una Casa Real. En realidad, ella se comportaba de un modo tan atrevido precisamente porque contaba con su aplomo y su benevolencia. Cualidades que había forzado al límite.

Pero ya no se podía echar atrás.

–Es evidente que tienes un ego de proporciones planetarias. Debes de tener una fuerza monumental para sostenerlo. Y pensar que yo he contribuido a que crezca todavía más... –se lamentó.

Él la miró de los pies a la cabeza, devorándola con los ojos y logrando que se sintiera expuesta y vulnerable.

–¿Crees que ser la primera mujer que me abandona ha contribuido a alimentar mi ego cósmico? –preguntó.

A Carmen le pareció que había cierta amargura en sus palabras, pero luego se dijo que no podía ser, que sólo era la indignación de un hombre acostumbrado a que los demás se postraran ante él y le rindieran pleitesía.

–Oh, bueno... supongo que lo arañé un poco,

es verdad –contestó, encogiéndose de hombros–. Pero el arañazo no se vería ni con un microscopio.

–Siento llevarte la contraria, Carmen, pero estabas hablando de proporciones galácticas. Por lo menos, sé coherente. Para eso no se utilizaría un microscopio, sino un telescopio.

Carmen suspiró.

–Bueno, qué más da. Además, seguro que tu ego se siente más que satisfecho ahora que conoces el motivo de mi marcha.

–No, no lo estoy en absoluto. Tendrás que esforzarte mucho y durante mucho tiempo para que me sienta satisfecho.

Carmen interpretó sus palabras en clave sexual, lo cual no era extraño porque Faruq no dejaba de seguir sus movimientos y sus curvas con la mirada. Y al recordar el placer de sus largas noches de amor, sintió tal debilidad en las piernas que tuvo que buscar apoyo en la encimera.

–Si te sientes tan seguro de ti mismo cuando te han herido, es porque te tomas demasiado en serio. Deberías probar la autocrítica. Es muy terapéutica.

Él miró a Mennah y dijo:

–Tu madre es muy valiente, hija mía. O muy estúpida. O sabe exactamente lo que está pidiendo.

–Sólo te estoy pidiendo que... que...

No terminó la frase. Faruq caminaba directamente hacia ella, en rumbo de colisión.

–¿Qué, Carmen? ¿Que esté a la altura de tu reto?

Cuando Faruq llegó a la encimera, se apretó suavemente contra el cuerpo de Carmen y apoyó los brazos a cada lado, de tal modo que no podía escapar. Ella sintió un intenso calor en la piel, y una tensión insoportable en sus terminaciones nerviosas.

–Menos mal que sabes cuándo parar –continuó, mirándola con ojos encendidos.

Ella estaba a punto de responder de mala manera cuando él avanzó un poco más contra ella, apretando su erección contra el estómago de Carmen.

Antes de que se diera cuenta de lo que había sucedido, Faruq se apartó, acercó uno de los taburetes y le ordenó que se sentara y cerrara la boca.

Sin embargo, la orden fue completamente innecesaria. Se sentó porque debía hacerlo si no quería acabar en el suelo por pura debilidad; y si no habló, fue solamente porque seguía anonadada.

Cuando él sirvió la carne, ella observó que se había puesto dos tercios del solomillo.

–Es lógico. Yo soy mucho más grande que tú –explicó Faruq–. Pero los trocitos para Mennah los sacaremos de mi parte. Veamos cuánto se puede comer...

Faruq se sentó junto a la niña y cortó un trocito minúsculo.

–Hum... sabe incluso mejor que huele –continuó–. Y tú, *ya kanzi*, eres tan lista que seguro que vas a pedirme más. Venga, abre la boquita... un poco más...

La niña abrió la boca, encantada, y Faruq le acercó el tenedor con muchísimo cuidado.

Carmen se puso tensa, dispuesta a saltar si Mennah se atragantaba con la carne, pero se lo tragó enseguida y se puso a chillar para que le dieran más. Faruq soltó una carcajada y se rindió a sus deseos.

Estaba tan asombrada que no probó su propia comida. De hecho, los miró completamente boquiabierta hasta que la niña se cansó y se durmió sin más.

–¿Siempre se queda dormida de repente?

Carmen asintió.

Él sonrió con indulgencia, levantó a la niña de la sillita y salió de la cocina. Su madre tardó un minuto en seguirlos, así que Faruq ya estaba saliendo de su cuarto cuando lo encontró.

–No es necesario que hagas las maletas –dijo él, sin preámbulos–. Haz una lista de lo que necesites y estará en Judar cuando llegues. Si olvidas algo, dímelo y lo tendrás allí inmediatamente. Más tarde, cuando las cosas se hayan tranquilizado, ordenaré a los principales modistos que lleven sus catálogos a palacio para que elijas lo que quieras.

Ella lo miró.

–¿Se puede saber de qué estás hablando?

La voz de Faruq sonó un poco más seca de lo normal.

–Nos vamos ahora mismo. Mi avión está esperando en el aeropuerto.

Carmen no pudo creerlo. Aquello era una locura.

—Mira...

Él cortó su protesta en seco.

—Si sientes nostalgia de tus cosas, enviaré a un equipo para que te lleve hasta el último tornillo de tu piso actual.

—No, no, espera un momento. No pienso ir a ninguna parte.

—Irás exactamente adonde te llevo. A mi reino.

Ella sacudió la cabeza.

—No puedo viajar. Tengo el pasaporte caducado...

—No necesitamos pasaportes para salir de tu país y entrar en el mío. Aquí tengo derechos de diplomático; y en Judar, mi palabra es suficiente. Pero de todas formas, me encargaré de que te expidan uno con urgencia. Te estará esperando cuando lleguemos a mi casa.

—No voy a marcharme, Faruq.

—Por supuesto que sí. Por si todavía no lo has adivinado, me llevo a Mennah. Y puesto que tú eres su madre, eso significa que tú también vienes.

Su declaración fue como una bofetada para ella. O como una puñalada.

Un huracán de emociones se formó en su interior.

Faruq no era únicamente el hombre a quien amaba, sino un príncipe de un país con costumbres muy distintas a las suyas. Además, no le estaba pidiendo que se marchara con él, se lo estaba ordenando. Y lo hacía como si ella sólo fuera un detalle accesorio, la consecuencia vagamente molesta de llevarse a su hija.

Se sintió muy humillada. Pero logró mantener el aplomo e incluso burlarse de él.

–Vaya, como ése sea un ejemplo de tu forma de plantear los acuerdos de paz, los países de tu región se declararán la guerra en menos de una hora.

Él la miró con serenidad.

–Reservo mis habilidades diplomáticas para las negociaciones políticas. Y esto no es una negociación, Carmen. Es un decreto. Tienes a mi hija y serás mi mujer.

Carmen tuvo una náusea; pero encontró fuerzas para hablar y decir algo racional.

–Aprecio tu compromiso con Mennah, pero para ser su padre no necesitas sobrepasarte. Podemos cuidar de ella sin estar casados. Es algo perfectamente normal, que se hace en todo el mundo.

–No, no quiero ser un padre a distancia. Quiero que mi hija crezca en mi casa, en mi tierra, que disfrute todos los días de mi cariño y aprenda sus privilegios y obligaciones como princesa. Pero a efectos psicológicos, necesita a su madre. Y si no me casara contigo, sé que tampoco viviríamos juntos –explicó.

–Te equivocas. No quiero vivir en Judar, pero lo aceptaría con tal de estar con Mennah. Casarse es completamente innecesario.

–Pues tenemos que casarnos. Si no contraemos matrimonio, su situación social en mi país sería problemática y no tendría la legitimidad que quiero darle.

–Pero... ¡Es que no quiero casarme otra vez!

La vehemencia de Carmen fue como una bofetada para Faruq.

Mientras hablaban, había tenido que resistirse al impulso de cerrar los ojos y disfrutar del sonido de una voz tan hermosa que cualquier hombre se habría arrodillado ante ella a cambio de que susurrara su nombre.

Pero su confesión lo había cambiado todo.

–¿Ya has estado casada?

Ella apartó la mirada.

Faruq se sintió dominado por una sensación tan inesperada como intensa. Estaba celoso. Y sabía por qué: se había repetido una y mil veces que todo había sido una mentira, pero a pesar de ello, el instinto le decía que la suya había sido la primera relación verdaderamente apasionada de Carmen.

Sin embargo, su declaración no dejaba lugar a dudas. Si reaccionaba de un modo tan beligerante y dolido ante su propuesta de matrimonio, sería porque su marido anterior había significado mucho para ella.

–¿Cuándo te casaste? –insistió.

Ella siguió sin mirarlo a los ojos.

—Cuando faltaba poco para que cumpliera los veinte. Él tenía tres más que yo... no conocimos en la facultad.

—Amor juvenil, ¿eh?

Ella ruborizó por su sarcasmo.

—Es lo que pensé yo en su momento, pero no tardé en comprobar que había cometido un error. Nos divorciamos tres años después.

Faruq empezaba a encajar las piezas. Según lo que había dicho, se había divorciado a los veintidós o veintitrés; lo cual quería decir que él la había conocido apenas dos años más tarde. Demasiado pronto para que no siguiera bajo la sombra de su relación anterior.

Pero no entendía que alguien quisiera divorciarse de ella. Le habría ofrecido el matrimonio aunque no hubiera sido lo más conveniente para él. Y por supuesto, Carmen sería la única mujer de su vida y la única que querría en su cama si aceptaba su propuesta.

—Juré que no volvería a casarme —añadió.

—¿No te parece que fue una promesa algo prematura? Eras demasiado joven para casarte con nadie —observó él.

Ella sacudió la cabeza.

—No tuvo nada que ver con la edad. Llegué a la conclusión de que el matrimonio no estaba hecho para mí. Debería haberlo sabido... tenía el ejemplo de mis padres. Esas cosas están destinadas al fracaso por muy bien que empiecen.

—¿Tus padres también se divorciaron?

–Sí. Estuvieron cinco años juntos; la mitad de vino y rosas y el resto, de enfrentamientos cada vez peores. Yo era muy pequeña, pero me acuerdo de sus peleas.

–Un par de ejemplos negativos no son motivo suficiente para juzgar el matrimonio en general –alegó.

Ella sonrió con ironía.

–¿Tú crees? ¿Cuántos años tienes? ¿Treinta y cuatro? ¿Treinta y cinco? Eres jeque en un país donde el matrimonio aún se considera la base de la sociedad, donde se insta a los jóvenes a casarse tan pronto como sea posible... y a los príncipes, a dar herederos sin tardanza. Sospecho que tu opinión sobre el matrimonio es peor que la mía. De hecho, sólo me lo has propuesto porque necesitas resolver una situación complicada.

Faruq apretó los dientes.

–El matrimonio, como tantas otras cosas, sólo es lo que nosotros hagamos de ello. Depende de las expectativas y del comportamiento que se tenga; pero especialmente, de los motivos que empujen a contraerlo.

–Oh, los míos eran muy clásicos... creí estar enamorada de él y que me amaba. Pero me equivoqué –afirmó.

–Entonces, tú también eres responsable del fracaso. O no le conocías bien a él o no te conocías bien a ti misma. Pero desde mi punto de vista, el amor es la peor de las razones para casarse con alguien.

–No podría estar más de acuerdo. Sin embargo,

eso no significa que tu propuesta me parezca más razonable; nos conocemos lo suficiente como para saber que sería una catástrofe. Además, tus motivos son mucho peores que el amor. Al menos, yo me casé con buenas intenciones.

–Ya sabes lo que dicen sobre las buenas intenciones y el camino del infierno –ironizó–. Mis razones son las mejores, Carmen; no se basan en ideales y fantasías imposibles, sino en hechos firmes. Cometiste un error al casarte con ese hombre, pero nuestro matrimonio sería diferente porque no partiría de una elección equivocada.

–Sería una tan mala como aquélla.

–Me temo que no lo has entendido. No hay elección.

–¡Tiene que haberla! –exclamó, mirándolo como una gata acorralada–. Además, eres príncipe. ¡No puedes casarte con una mujer divorciada!

–Puedo casarme con quien me apetezca. Y tú eres la madre de mi hija, motivo más que suficiente para que nos casemos. Además, diré públicamente que ya estábamos casados, que lo hemos estado desde el principio y que simplemente queremos renovar los votos en mi país.

–¿Se puede hacer eso?

–Claro que se puede. Lo llamamos *az-zawaj al-orfi*, y sólo se pide que los dos adultos estén en posesión de sus facultades mentales y que presenten un documento en el que declararan su intención de casarse. Me encargaré de que ese documento tenga fecha del día en que nos acostamos por primera vez. Cuando lleguemos a Judar, se lo presentaré al *mazún*, el religioso encargado de las ceremonias matrimoniales, y haremos pública nuestra situación.

Ella lo miró con incredulidad.

–Así que voy a ser tu esposa con efectos retroactivos... Debe de ser genial eso de poder rescribir la historia a tu antojo. Seguro que ya has usado esa artimaña alguna vez.

–No, nunca. Y si fuera por mí, decir la verdad no me molestaría en absoluto. Pero en tu caso es diferente; la gente es como es y debemos contraer matrimonio para evitar rumores sobre tu virtud y sobre las circunstancias de la concepción de Mennah.

Carmen estaba tan nerviosa que su respiración se aceleró y se puso tan colorada que su cara casi brillaba bajo la tenue luz.

–Dios mío, estás hablando en serio... –acertó a decir.

Faruq la miró con intensidad y pensó que nunca la había deseado más que en aquel momento. Pero su actitud le resultaba extraordinariamente irritante; aunque la mayoría de las mujeres habrían dado cualquier cosa por casarse con él, ella reaccionaba como si prefiriera arrojarse por un acantilado.

Carmen salió corriendo hacia su habitación. Faruq la siguió y la encontró tumbada en la cama, boca abajo, sollozando.

Se preguntó si estaría actuando otra vez, pero no estaba seguro.

En cualquier caso, las razones que tuviera para oponerse al matrimonio eran irrelevantes. No es que Faruq quisiera pulverizar su resistencia, es que lo necesitaba.

Se acercó a ella e intentó tocarla, pero Carmen se alejó. Entonces, la agarró por las muñecas, la obligó a ponerse boca arriba y le estiró los brazos por encima de la cabeza, de tal forma que sus senos ascendieron un poco. Estuvo tentado de arrancarle la ropa, hacer lo mismo con su camisa, apretarse contra ella para sentir su piel y empezar a acariciarla hasta que le rogara que la penetrara de inmediato.

Pero eso podía esperar.

De momento, tenía que sacarla de aquel estado.

—Repite conmigo, Carmen: *Zao waitokah nafsi*, me entrego a ti en matrimonio.

Ella giró la cara y se mantuvo en silencio. Él se tumbó entre sus muslos y apretó.

—Dilo, Carmen. *Zao waitokah nafsi* —insistió.

Carmen siguió callada.

—No hay otro camino. Dilo de una vez.

Carmen lo miró por fin a los ojos y él recordó todo lo que habían compartido: un deseo arrebatador y una complicidad y afinidad que no había sentido con ninguna otra mujer. Faruq sabía que seducirla sería muy fácil; si se empeñaba, Carmen sería incapaz de resistirse. Estaba tan tensa y lo deseaba tanto que alcanzaría el orgasmo en cuanto la penetrara.

—Dilo. Hazlo por Mennah.

Al oír el nombre de su hija, pareció admitir su derrota.

–*Zao waitokah nafsi...*

–Muy bien. Ahora añade: *Wa ana qabeltu zawajek, alas sadaq el massamah bai nanah.* Significa que me aceptas en matrimonio y en los términos que hemos acordado –explicó–. Aunque todavía no me has presentado tus demandas.

–Sólo quiero a Mennah.

–Y la tendrás siempre. ¿Qué más quieres?

–No quiero nada.

Faruq pensó que estaba mintiendo otra vez. Tenía que estar mintiendo. Quería lujos y privilegio, como todas las mujeres. Por eso se había acostado con él; por eso se había quedado embarazada y lo había traicionado. Pero sabía que los lujos y el privilegio serían consustanciales a casarse con él y por eso afirmaba no tener ninguna demanda. Un truco tan viejo como el mundo.

Pero también estaba mintiendo en otro sentido. Había algo que deseaba y que no podía ocultar: lo quería a él. Faruq notaba el aroma de su excitación, su necesidad de sentirse satisfecha. Y estaba más que dispuesto a ayudarla.

El matrimonio era la mejor de las soluciones posibles. Mennah tendría el cariño de sus padres y él podría saciarse con Carmen. Además, si se cansaba de ella, sólo tendría que relegarla al papel de madre o incluso divorciarse después.

Sin embargo, no tenía ninguna intención de divorciarse de ella. La quería y la deseaba tanto que ni siquiera se lo planteaba a largo plazo.

A muy largo plazo.

Capítulo Cinco

—¿Necesita algo más, *ya somow al-amirah*?

Carmen miró al hombre delgado y moreno, con aspecto de ave de presa, que estaba ante ella. El lenguaje de su cuerpo no podía ser más respetuoso.

La había llamado *somow al-amirah*. Otra vez. Y no se acostumbraba a ello.

Siempre que entraban o salían del edificio donde se alojaban, los criados y colaboradores de Faruq se referían a él como *somow al-amir* y a ella, con su equivalente femenino. Porque aquel tratamiento era simplemente el de alteza real; el mismo que le dedicarían cuando llegaran a Judar.

Faruq iba a arrancarla de su país, de su casa, de todo lo que conocía, para convertirla en princesa de un país árabe. Y no era feliz en absoluto. Tenía la sospecha que sólo podría volver a su hogar de visita; y como no tenía a nadie a quien visitar, ni siquiera eso.

Se había metido en un buen lío.

—¿*Amirati*?

El hombre la miró con preocupación, pero también con intensidad, como si fuera capaz de adivinar sus pensamientos.

Carmen lo conocía muy bien. Se llamaba Hashem y era la mano derecha del príncipe, de quien normalmente no se separaba ni a sol ni a sombra. Faruq confiaba tanto en él que le había ordenado que cuidara de ella durante su ausencia, y Hashem empezó a cumplir la orden en cuanto se subieron al avión.

Se preguntó si sabría la verdad, pero llegó a la conclusión de que eso carecía de importancia. Lo que Hashem supiera, se lo llevaría a la tumba. Habría sido capaz de dar su vida por su príncipe; y aunque lo torturaran, no dejaría de repetir que efectivamente estaban casados, que todo aquel montaje era la pura verdad.

—¿*Amirati*? —insistió—. ¿Está mareada? Suele ocurrir en los aviones...

Carmen se estremeció al escuchar el tono amable de sus palabras. Se sentía tan vulnerable que la afectaba cualquier cosa.

—No —respondió, sacudiendo la cabeza.

Hashem la miró como si supiera que necesitaba algo y que no se atrevía a pedírselo.

—Por favor, no dude en llamarme si me necesita. *Maolai Walai el Ahd* ha ordenado que tenga todo lo que desee.

Carmen pensó que era muy listo. En su posición, sabía que la mejor forma de conseguir que sucumbiera era apelar a los deseos del hombre al que había llamado *Maolai Walai el Ahd*.

Tardó unos segundos en asumir las implicaciones de aquel tratamiento. Y no había error posible. En primer lugar, porque entendía bien el árabe; y en segundo, porque sus sentidos parecían haberse potenciado desde que Faruq entró en su vida: todo, cualquier estímulo, parecía más definido y más claro.

Maolai Walai el Ahd significaba, literalmente, «príncipe sucesor de la era», o en otras palabras, príncipe heredero.

¿Faruq iba a convertirse en rey?

No entendía nada. Un año antes, él sólo era el segundo en la línea dinástica. Pero si se había convertido en heredero por alguna razón, no tardaría mucho en llegar al trono; por las noticias que tenía, el rey estaba enfermo y no parecía que pudiera recuperarse.

Faruq, convertido en rey de Judar.

Y ella, de paso, en *malekah*. En reina.

Le pareció una idea tan absurda que estalló en carcajadas y Hashem la miró con curiosidad.

—¿*Amirati*?

La intervención de Hashem sólo sirvió para aumentar su histerismo. Si ser reina le parecía ridículo, ser princesa no era mucho más racional.

—Disculpa, Hashem... es que...

Carmen siguió riendo, sin poder hacer nada por evitarlo. Al cabo de un rato, se tranquilizó y se recostó en el asiento.

—Debes de pensar que estoy loca...

—En modo alguno. Y espero que me disculpe por haberle dado la impresión contraria. Soy perfectamente consciente de que su situación es difícil. Todo ha pasado muy deprisa para usted, y en cuanto a mi príncipe... bueno, siempre ha sido un hombre abrumador e inexorable cuando tiene un objetivo –afirmó Hashem–. Pero también es un hombre justo y magnánimo. No tema, *amirati*. Todo saldrá bien.

Carmen supo en ese momento que Hashem no conocía toda la historia. Por ejemplo, no sabía que Faruq ya no la consideraba digna de su magnanimidad, ni que la había chantajeado con Mennah para obligarla a casarse con él y a renunciar a su libertad.

No, las cosas no podían salir bien.

La única esperanza que tenía era que, poco a poco, con el tiempo, la situación se volviera más tolerable.

–Gracias, Hashem. Te prometo que recurriré a tus servicios si necesito algo.

Hashem hizo una reverencia y se marchó. Pero Carmen no se sintió más aliviada al quedarse a solas.

Por su trabajo, Carmen estaba acostumbrada a tratar con hombres poderosos y ricos. Los había visto en acción; había estudiado sus secretos, su lujo y sus necesidades y había aprendido a ayudarlos a conseguir sus objetivos. Pero aquello superaba todos sus conocimientos. Faruq era un príncipe.

Hasta el avión en el que viajaba era un ejemplo perfecto: el primer Boeing 737 con paneles de bronce que había visto en toda su vida. En cuanto subió al aparato y pisó la moqueta, pensó en el surrealismo de estar de Faruq, de convertirse en su esposa y de disfrutar una cultura política que veneraba a los miembros de la Casa Real.

Miró las obras de arte que decoraban el avión, una mezcla de oriente y occidente, de tradición y tecnología, y pulsó en el brazo del asiento. Tal como Hashem le había indicado, se abrió un panel lleno de botones desde el que podía acceder a todo tipo de servicios, como cambiar la temperatura o ver una película.

Probó suerte y apretó uno. Un lienzo del siglo XVIII que estaba a su izquierda, desapareció suavemente y descubrió una pantalla de tamaño gigante.

Pero no quiso experimentar más. Sabía que sólo encontraría más maravillas, más ejemplos del poder de Faruq. Y eso que sólo estaba en un avión.

Se miró las manos, sudorosas, y un segundo después se estremeció de los pies a la cabeza.

Había notado su presencia.

Faruq acababa de entrar.

Y no quería alzar la vista, no quería ver cómo se acercaba a ella, no quería volver a sentirse sometida a su presencia, sus deseos, sus decretos. Pero al fin, lo hizo.

Faruq estaba en compañía de dos hombres. Debían de estar hablando de negocios, porque el príncipe discutió con ellos durante unos momentos y luego, tras darles instrucciones en voz baja, les ordenó que se marcharan.

Uno de los paneles del avión se deslizó. Ahora no sólo estaban a solas, sino en un compartimiento totalmente cerrado.

Faruq la miró con intensidad. Con la misma intensidad que le había dedicado cuando se tumbó sobre ella y la obligó a repetir la fórmula matrimonial.

Estaba perdida.

Se había casado con él. Había capitulado.

Y se sentía como un pájaro en una jaula.

Desesperada, intentó recordarse que lo había aceptado por el bien de Mennah. E incluso pensó que si se lo repetía una y otra vez, tal vez pudiera soportar la sensación de estar cayendo por un abismo.

Apartó la mirada y la clavó en el receptor de la niña, con la esperanza de que se hubiera despertado y le diera una excusa para alejarse de Faruq. Pero sólo escuchó el suave hilo musical del avión y la respiración tranquila y lenta de su hija. Mennah dormía plácidamente.

—No has comido nada...

Al oír la voz del príncipe, Carmen echó un vistazo a la mesita con cubiertos de plata y servilletas blancas que Hashem le había llevado minutos antes.

Faruq tenía razón. Aunque el aroma de la comida era tan estimulante que a cualquiera se le habría hecho la boca agua, sentía tal presión en la boca del estómago que la simple idea de comer algo le daba asco.

–No tengo hambre –mintió.

Faruq la miró con dureza.

–No has comido nada desde hace siete horas. Tienes el estomago vacío.

–Tendrás que disculpar a mi estómago por no funcionar como de costumbre. Han pasado tantas cosas que lo único que le apetece es expulsar lo que contiene. Imagina lo que pasaría si le echo algo más –ironizó.

–¿Insinúas que te doy náuseas? –preguntó, irritado–. Por lo que veo, sigues empeñada en actuar y en jugar conmigo.

–¿Por qué estás tan empeñado en que coma? Lo peor que puede pasarme es que pierda un par de kilos, y no me vendría mal.

Faruq la miró de arriba a abajo.

–Sí, es cierto que has ganado peso...

–Y que lo digas.

–Lo diré, lo diré, descuida... y con todo lujo de detalles. Pero para eso, tendría que mirarte con más detenimiento, por así decirlo.

–Maravilloso. Justo lo que cualquier mujer quiere escuchar: un informe detallado de los efectos del sobrepeso en su cuerpo.

Faruq se inclinó sobre ella y le acarició suavemente el brazo.

–Sobrepeso no es la palabra indicada para describirlo. En mi opinión, estás aún mejor que antes –declaró.

Un segundo después, Faruq introdujo una mano entre sus muslos y dijo:

–No te preocupes por los demás. He dado orden de que no nos molesten por nada, salvo que estemos a punto de estrellarnos. Así que relájate, tranquilízate un poco y permite que siga reconociendo tu anatomía...

Ella se estremeció e intentó tomar aire.

–Como intento de seducción, resulta francamente vulgar –acertó a decir.

Faruq sonrió y le acarició el cabello.

–Si intentas provocarme, ten cuidado. No empieces un juego que no quieras terminar.

En ese momento, Carmen supo que iba a besarla. Lo vio en la tensión de su cuerpo y en sus pupilas dilatadas. Y no quiso volver a sentir el vértigo del pasado; no quiso esperar a que el contacto de sus labios y el sabor de su boca la excitaran hasta el extremo de borrar su voluntad.

Llevó una mano al panel de control y pulsó un botón. El asiento se deslizó hacia atrás, alejándola de él.

Faruq suspiró, recolocó su asiento para quedar a su altura, y la miró.

–¿Más juegos?

–Antes no te lo he preguntado porque tus acusaciones me dejaron sin habla. ¿De qué tipo de juegos estás hablando? Lo único malo que he hecho ha sido marcharme sin decirte que estaba embarazada de ti. Yo no sirvo para otro tipo de jueguecitos. Si sirviera, ¿crees que ahora me encontraría en esta situación?

Él arqueó las cejas.

–¿De verdad te parece que tu situación es mala? Hay muchas mujeres que matarían por encontrarse en tu puesto.

Carmen rió con amargura.

–¿Hay muchas mujeres que matarían por sentirse ridiculizadas y sometidas?

Faruq la miró con humor.

–Menudo sometimiento –se burló él, con voz dulce–. Lo peor que yo te he hecho ha sido pedirte que te cases conmigo.

Carmen le sacó la lengua y dijo:

–Bah, cállate...

Él rió y hasta ella misma sonrió sin poder evitarlo.

Fue un momento maravilloso, pero pasó enseguida. La calidez de la expresión de Faruq desapareció bajo el peso de una mirada inmensamente fría.

–Muy bien, supongamos que te creo cuando dices que no estás jugando conmigo. Entonces, ¿a qué vienen las náuseas? ¿Es que piensas ponerte en huelga de hambre por todos los delitos que he cometido contra ti?

–Si tú estuvieras en mi posición, si tu vida hubiera cambiado de repente y te marcharas a vivir a un país remoto donde nadie te conoce, ¿no sentirías náuseas?

–Me conoces lo suficiente como para saber la respuesta a esa pregunta.

Ella sacudió la cabeza.

–¿De verdad te conozco, Faruq? Supongo que

te refieres a que nos conocemos... en el sentido físico del término.

—No. No me refería a eso.

—¿Y qué se yo de ti? Hasta hace unos minutos, ni siquiera sabía que te hubieras convertido en príncipe heredero de Judar. Lo he descubierto por casualidad.

Faruq entrecerró los ojos.

—¿Eso te molesta?

—No es que me moleste, es que me ha dejado estupefacta. Ya no eres un príncipe, sino el príncipe. Y si antes estaba nerviosa ante la perspectiva de convertirme en tu mujer, imagina cómo me siento ahora que sé que vas a ser rey —le confesó—. Además, no creo que pueda estar a la altura. No tengo los conocimientos necesarios.

Faruq apartó la mirada y permaneció en silencio durante unos segundos.

—Claro que los tienes. Además, conoces muy bien mi idioma. Por eso te elegí al principio... Aunque nunca lo hablabas, noté que entendías todo lo que decían mis hombres. Y lo que te decía yo mismo en nuestros momentos de pasión.

Faruq volvió a quedarse en silencio. Pero esta vez fue más largo y ella se sintió obligada a decir algo más.

—Es cierto, hablo árabe. Por eso me alegré tanto cuando me contrataste para que organizara tus conferencias, para mí era una gran oportunidad. Pero me temo que mis conocimientos del dialecto de Judar dejan mucho que desear...

−¿Lo hablas y lo escribes?

−Sí. De hecho, lo escribo mejor que lo hablo. La pronunciación siempre ha sido mi punto más débil. Supongo que no se me da mal, pero podría mejorar y...

Faruq la interrumpió.

−Si no recuerdo mal, también hablas castellano, francés, italiano, alemán y chino mandarín −afirmó.

Carmen suspiró y pensó que se había equivocado otra vez con él. Era evidente que había leído los informes sobre ella.

−Sí, aunque no tengo el mismo nivel con todos...

−Y además de dedicarte a organizar actos como conferencias de carácter internacional, también has trabajado como intérprete, negociadora, intermediaria diplomática y otras cosas por el estilo. Hasta abriste una asesoría por Internet desde tu propia casa, para poder dedicarte a ello con toda comodidad.

Carmen no salía de su asombro.

−Sí, es verdad, pero ¿cómo has sabido...?

Faruq volvió a interrumpirla.

−La esposa del príncipe heredero de Judar tiene que estar a su lado en muchas de las reuniones formales e informales con dignatarios de otros países. Debe conocer profundamente los protocolos y costumbres de todas las naciones y estar versada en el arte de la etiqueta para poder tratar con todo tipo de personas, desde criados a jefes de Estado. Y por último, ha de ser experta en arte y política y hablar tantos idiomas como sea posible, incluido el árabe.

El príncipe la miró otra vez y añadió:

—Si pudiera diseñar y crear una mujer con el único objetivo de que fuera mi esposa, no sería más apta para ello que tú.

Capítulo Seis

Carmen sintió un pinchazo en el corazón.
Algo parecido a la esperanza.
Se llevó una mano al pecho e intentó arrancar la emoción de cuajo. Ella no lo sabía por experiencia, pero había leído en alguna parte que la esperanza desafiaba a la lógica, desarrollaba vida propia y destrozaba las barreras de la precaución y hasta del instinto de supervivencia.

Precisamente, lo que estaba haciendo con ella.

Si Faruq pensaba que sus habilidades le serían de utilidad como heredero de la corona, aún era posible que su vida en Judar fuera algo más que una especie de cárcel combinada con sus obligaciones hacia Mennah. Y tal vez, sólo tal vez, que su relación con el príncipe llegara a ser algo más que un matrimonio de conveniencia para él.

–Ahora que ya sabes lo que has conseguido, ¿qué otros motivos tienes para estar nerviosa por convertirte en la mujer de un príncipe heredero? –preguntó él.

–Ya te he dicho por qué creo que nuestro matrimonio es un error. Pero has tomado tu decisión y no puedo hacer nada... por qué molestarse en gastar saliva.

–Gasta un poco más, por favor. Hazlo por mí. Cuéntame tu versión de la... verdad.

–¿Por qué quieres conocer mi versión? –preguntó con amargura–. Tú lo sabes todo de mí. Seguro que conoces detalles que ni yo misma recuerdo.

–¿Que yo lo sé todo de ti? ¿Cómo?

–Oh, vamos, Faruq. Seguro que tus servicios de inteligencia te presentan informes de cualquiera que pase a menos de treinta metros de ti.

–Sí, eso es cierto. Pero no tengo nada sobre ti.

Carmen se llevó una sorpresa. No se lo esperaba.

–Da igual... mi vida cabría en dos páginas a doble espacio.

Él chasqueó la lengua.

–Eso no es una versión de la verdad, Carmen, eso es una mentira. Sólo con lo que he podido averiguar durante nuestras conversaciones, podría escribir un libro. Pero esa obra no contendría lo más interesante, lo que desconozco, las cosas que nunca le cuentas a nadie...

Faruq la miró y siguió hablando.

–Curiosamente, al principio no pedí informes tuyos. Luego, cuando me enteré de que habías tenido una hija mía, ordené que te investigaran. Pero has borrado tan bien tus huellas que sólo encontré tu currículum, tu dirección y una fotografía en la que apareces con Mennah.

A ella no le extrañó demasiado. Gracias a su profesión y a sus contactos en las altas esferas, conocía unas cuantas formas de ocultarse e incluso de cambiar de identidad, pero había supuesto que un hombre tan poderoso como Faruq podría averiguar cualquier cosa. Si sólo había encontrado su paradero y poco más, sería porque sólo buscaba su paradero y poco más.

Suspiró, y dijo:

–Seguro que no buscaron lo suficiente. Además, yo no tengo nada que ocultar. Ya sabes todo lo que importa.

–¿De verdad? –preguntó con ironía–. Sólo sé lo que haces en tu trabajo, en la cama...

Faruq lo dijo con una voz tan sensual, que a Carmen le pareció divertido y soltó una risita.

–Me alegra que me encuentres tan gracioso –espetó él–. Aunque no lo pretendía.

–Es que es muy gracioso, Faruq. Te refieres a mí de tal forma que cualquiera diría que soy una especie de *femme fatale.*

–No creo que haya muchas mujeres más fatales que tú, Carmen.

Ella miró a su alrededor. Luego se clavó el índice en el pecho y comentó:

–¿Estás hablando de mí? ¿En serio? Vaya, tu realidad debe de estar en un universo paralelo. Y en uno francamente extraño, por cierto... ¿De quién estás hablando? ¿Has hablado con alguien que me odia y que habla tan mal de mí que parezco una especie de tarántula asesina? Sólo hay dos hombres capaces de hacer algo así. Uno es mi ex marido, pero no tiene tanta imaginación, y el otro eres tú.

Vosotros sois los únicos con quienes he mantenido una relación seria, los únicos que conocen mis supuestos poderes sexuales y que podrían...

Carmen no terminó la frase. Sin pretenderlo, acababa de confesarle que era uno de los dos hombres más importantes de su vida.

Pero a Faruq no le pasó desapercibido.

–¿Pretendes que crea que no has mantenido otras relaciones largas?

–No pretendo que creas nada. Es la pura verdad. Pero ya que te empeñas en saberlo, tú no sólo has sido el segundo, sino también el último.

Faruq se inclinó hacia delante.

–Por supuesto que soy el último –sentenció.

–Sí, pero no en el sentido que piensas. Eres el último porque estoy tan cansada de las relaciones amorosas que no tenía intención de estar con nadie más en toda mi vida.

–¿Me estás comparando con tu ex marido?

Ella lo miró con frialdad.

–¿Es que eso te molesta? Pues bien, teniendo en cuenta que él es un hijo de papá y que el poder y el dinero que tiene no se los ha ganado con su esfuerzo, sino por simple herencia familiar... sí, yo diría que os parecéis bastante. Y si la afirmación ofende tu orgullo principesco, piensa que tú me has ofendido mucho más al llamarme mentirosa e insinuar que soy una especie de prostituta.

***

Por primera vez en mucho tiempo, o quizás por primera vez en toda su vida, Faruq se quedó sin palabras.

No fue porque no tuviera respuestas de sobra para los insultos de Carmen. Si se quedó perplejo y sin habla fue por la afirmación de que su ex marido y él habían sido los únicos hombres de su vida. Sus únicos amantes.

Era algo tan sorprendente que se sintió como si le hubieran pegado un hachazo.

Se preguntó si podía creerla. Eso significaba que a pesar de haber trabajado para Tareq, no había sido su compañera de juegos. Y que la relación que habían mantenido durante aquellas semanas había sido tan importante para ella como para él mismo.

No sabía qué pensar, pero quería creerla. Todo su ser insistía en que decía la verdad, en que aquel día había dicho muchas verdades.

Pero sólo hasta cierto punto. También notaba que le ocultaba cosas importantes, quizás su relación con Tareq. Y por muy estúpido que hubiera sido, no lo era tanto como para arrinconarla y tratar de obtener una confesión.

No quería oírla. Ya no.

Cuanto más tiempo pasaba con ella, más cuenta se daba de que Carmen no era consciente de la dimensión del daño que podía hacer cuando lo dejó plantado. Incluso cabía la posibilidad de que se hubiera prestado a la trampa de Tareq porque éste le había convencido de que lo mejor para su país era impedir que él llegara al trono.

En tal caso, también era posible que más tarde, al sucumbir al placer y a su afinidad, hubiera llegado a la conclusión de que Tareq era un canalla y le había mentido. Luego, cuando se quedó embarazada, su primo la habría presionado y ella se habría asustado y habría huido por miedo a lo que pudiera hacerle a Mennah.

Sí, eso era posible. Y también lo era que se estuviera engañando a sí mismo porque la deseaba demasiado.

La atracción que sentía era tan intensa que tenía que hacer verdaderos esfuerzos para no arrojarla al suelo del avión y tomarla allí mismo, una y otra vez.

Quería hacerle el amor. Y se lo haría.

Pero no entonces.

Esperaría hasta la noche de bodas.

En cuanto a la verdad, no tenía sentido que se empeñara en reabrir heridas. Además, había ganado la partida a Tareq y ya no necesitaba saber. El trono de Judar estaba en sus manos. Y había sometido a Carmen.

Como ya no tenía grandes motivos de preocupación, pensó en lo que había dicho sobre él y su ex marido. No podía creer que después de pasar seis semanas a su lado y verlo en acción, luchando por los derechos de los más desfavorecidos y trabajando como negociador para solucionar conflictos, lo comparara con un hijo de papá que sólo pensaba en sí mismo.

Suponía que sólo lo había dicho porque quería insultarlo y no se le había ocurrido otra cosa. Pero aunque fuera así, se lo haría pagar. La obligaría a rogar, a suplicarle que pusiera fin al tormento. Faruq era consciente del poder que tenía sobre ella y sabía que podía darle más placer del que ella podía soportar.

—Entiendo que te hayan molestado mis suposiciones —dijo al fin—. Pero dime, ¿qué otra cosa podía pensar? Me abandonaste, me ocultaste que te habías quedado embarazada y, por último, me negaste a mi hija. Lo único que sabía de ti era eso. No sabía nada más.

Carmen pareció hundirse en el asiento.

—Porque no hay mucho más que saber —se defendió—. Pero si quieres que te cuente algo más de mi vida...

—Adelante, te escucho.

—Mi padre se llama Aaron McArthur, y mi madre, Ella. Cuando se divorciaron, estuve viviendo con mi madre y con... bueno, con su extraña colección de hombres. Tras su muerte, me marché con mi padre y con su cuarta esposa. Él nunca se había interesado por mí. Era millonario y le había dejado bastante dinero a mi madre, así que sólo pretendía recuperarlo... luego se dio cuenta de que yo no era una buena inversión y se marchó a vivir a Japón con su quinta esposa.

Faruq la miró con intensidad.

—Después me casé, me divorcié, y al cumplir los veintiuno heredé las propiedades de mi madre... básicamente, el dinero que Aaron le había dejado y el que le habían regalado sus patrocinadores, por utilizar ese término que tanto te gusta. Gracias a ello he podido comprar el piso que ya conoces e ingresar el resto en un fondo a nombre de Mennah, para que el día de mañana no tenga dificultades. Como ves, hay poco que contar. Sólo ocuparía una página, y no a doble, sino a triple espacio.

La declaración de Carmen lo cambiaba todo. Aunque su madre no la hubiera dejado exactamente una fortuna, ella tenía dinero y no necesitaba prestarse a las maquinaciones de Tareq para sobrevivir. Pero al mismo tiempo, la desaparición del móvil económico hacía que su comportamiento resultara aún más inexplicable. Sólo se le ocurría la posibilidad de que estuviera tan cansada por sus experiencias anteriores con los hombres, desde su propio padre hasta su ex marido, que hubiera desconfiado de él y verdaderamente hubiera temido por la suerte de su hija.

La rabia que había acumulado durante esos días se desinfló de repente.

Fuera como fuera, ahora había otra cuestión que escapaba a su entendimiento. Le parecía increíble que sus hombres no hubieran descubierto más datos sobre la vida de Carmen. Lo que acababa de contarle no era especialmente complejo.

Pero no tardó en encontrar una respuesta: Tareq. Sus servicios de contraespionaje debían de haber saboteado su investigación para impedir que localizara el paradero de Carmen y destrozara sus aspiraciones de llegar al trono.

Era tan evidente que se sintió un tonto por no

haberlo adivinado y maldijo a su primo con más furia que nunca.

Sin embargo, eso también carecía de importancia. Tareq había fracasado y ya no tenía motivos para impedir que investigara el pasado de Carmen. Comprobar la veracidad de su historia sería fácil. Y ella debía de saberlo, lo cual significaba algo bastante más relevante: que había dicho la verdad.

Cuando volvió a mirarla, no vio a la seductora que lo había manipulado ni a la traidora que le había robado a su hija y había estado a punto de entregar el trono de Judar a un hombre despreciable. Sólo vio a una niña que había estado expuesta a los caprichos de unos padres irresponsables y a una total falta de cariño. Sólo vio a una mujer que había sufrido mucho, demasiado.

Apretó los dientes y odió con todas sus fuerzas a las personas que le habían hecho daño. Ahora sabía que Carmen se había comportado de ese modo porque quería protegerla, mantenerla a salvo y asegurar su felicidad.

Pero por mucho que entendiera sus motivos, no podía perdonarla.

Suspiró y pulsó un botón.

Ya era hora de volver al presente.

—¿Nos vamos a estrellar?

Faruq miró a Carmen con sorpresa.

Ella hizo un gesto hacia Hashem, que acababa de entrar en el compartimiento, y añadió:

—Has dicho que no nos molestarían a no ser que estuviéramos a punto de estrellarnos.

—Pero esto es una excepción prevista.

El príncipe se levantó y le tendió una mano. Ella debió de aceptarla y levantarse, a no ser que Faruq tuviera poderes mágicos y la teletransportara de repente; porque sin saber cómo, Carmen se encontró un segundo más tarde en el cómodo sofá de otro compartimiento del avión.

Hashem se acercó y dejó un cofre sobre una enorme mesa de caoba. A continuación, lo abrió y sacó dos cajas más pequeñas: una, del tamaño de una caja de zapatos; y la otra, más o menos de la mitad. Tanto el cofre como las cajas eran de oro, plata y nácar.

Las abrió y sacó una carpeta de cuero oscuro y una bolsa pequeña del mismo material. Aunque su estado era perfecto, Carmen se dio cuenta de que eran objetos muy antiguos, tan valiosos como llenos de historia y significado. Tenían grabados el escudo de Judar: un águila con las alas extendidas. Y estaban decorados con motivos árabes, otomanos, persas e indios.

Hashem hizo una reverencia y se marchó.

Faruq abrió la bolsa y extrajo dos llaves de latón que parecían de la época de Saladino. Luego, sacó un tampón y dos sellos de la caja más pequeña. Acto seguido, abrió la carpeta y dejó dos cintas de satén rojo y dos hojas con aspecto de papiros sobre la mesa. Y por último, se llevó la mano al bolsillo de la chaqueta y sacó una pluma de oro que dio a Carmen.

–Veamos qué tal escribes el árabe.

–¿Vas a hacerme un examen de árabe?

–Sí, me interesa conocer tu nivel. Pero descuida, no te daría hojas reservadas para los documentos oficiales de gran importancia si sólo quisiera saber cómo te desenvuelves con mi idioma –contestó.

–Entonces, ¿qué quieres que escriba?

–Lo que yo te dicte.

–Eso se te da muy bien. Dictar.

Faruq apretó los labios.

–Escribe, Carmen –ordenó.

Carmen alcanzó una hoja y empezó a escribir lo que Faruq le dictaba.

Ya había escrito toda una frase antes de caer en la cuenta de lo que estaba haciendo: era un verso de una especie de invocación sagrada.

–¿Qué es esto? ¿Un contrato para vender mi alma?

Faruq sonrió.

–Sí, se podría decir que sí. Es lo que llamamos *az-zawaj al-orfi*. Puedes añadir cosas de cosecha propia si te sientes creativa, cosas que expresen lo entusiasmada y feliz que te sientes por... nuestra unión –declaró él.

–¿Es el documento que le entregaremos al religioso del que me hablaste?

–En efecto. Y junto con mi copia, se guardará en los archivos reales para dar fe de la legitimidad de Mennah.

–Así que es un documento oficial... ¿y quieres

que sea creativa? No, gracias. Prefiero que me lo dictes tú.

Faruq la miró con humor y siguió dictando.

Ella escribió hasta que el príncipe terminó y le pidió que firmara.

–Sólo he escrito dos párrafos. ¿Eso es todo?

Faruq se encogió de hombros.

–No hace falta mucho más para que seas mía hasta el fin de los tiempos.

Luego, alcanzó la hoja y añadió:

–Vaya, estoy impresionado... tienes una letra preciosa.

–No sabía que además de príncipe, multimillonario, filántropo, diplomático y electricista, también fueras especialista en caligrafía.

–Consecuencias de ser un hijo de papá –bromeó.

Faruq mojó los tres sellos en el tampón y los estampó en el documento. Eran el escudo real de Judar, el de la familia de los al Masud y la fecha, que el príncipe fijó en el día que hicieron el amor por primera vez.

Carmen miró la tinta densa y roja y pensó que parecía sangre. De hecho, se sentía como si hubiera firmado un pacto de sangre con él.

Faruq tomó el documento, lo secó con las cintas de satén y lo guardó en la caja grande.

–No será válido sin dos testigos –explicó–. Shehab y Kamal, mis hermanos, estarán esperando en el aeropuerto de Judar. Tienen que firmarlo y añadir sus sellos.

Dicho esto, se levantó y dijo:
–Y ahora, vamos a ver cómo está Mennah.
Carmen sintió un escalofrío.
Mennah. El motivo por el que Faruq se casaba con ella.
El motivo por el que ella renunciaba a su libertad.

Capítulo Siete

Carmen despertó al sentir que alguien la tocaba en el hombro. Era Faruq. Estaba sentado a su lado, con Mennah sobre el regazo, y los dos la miraban.

–Ya hemos aterrizado –comento él–. ¿Necesitas un momento para despertarte del todo o podemos marcharnos?

–Podemos marcharnos.

Ella se levantó tan repentinamente que se mareó. Él la tomó por la cintura, pero la habría soltado después, cuando Carmen se recuperó, de no haber sido porque la pequeña se aferró al cuello de su madre y provocó que los tres terminaran abrazados.

Fue como si Mennah quisiera decirles que los quería juntos, unidos.

–No te preocupes, yo la llevaré –dijo él.

–Pero si quiere ir conmigo...

–¿Quieres ir con tu madre?

Mennah miró a su madre, divertida. No había notado la tensión del momento y parecía creer que sus padres se la disputaban porque estaban jugando.

Carmen miró a Faruq con cara de pocos amigos.

–Es importante que salga del avión en mis brazos –afirmó el príncipe–. De ese modo, todos sabrán que es la hija del príncipe heredero.

Ella gruñó.

–Está bien, adelante.

Faruq ya se había adelantado. Era evidente que no necesitaba su aprobación.

Al salir, Carmen miró el reloj del avión, que marcaba distintas zonas horarias. Eran las cinco de la tarde en Judar y las nueve de la mañana en Nueva York. Sólo habían pasado dieciséis horas desde que Faruq llamó a su puerta.

Dieciséis horas. Que le parecían dieciséis días. O sesenta incluso. O más aún.

Se sentía como si su vida hubiera pasado a ser propiedad de otra persona, como si sus recuerdos hubieran desaparecido bajo el peso de una realidad nueva.

Y cuando bajó del avión, descubrió que verdaderamente estaba en otro mundo.

Judar era un lugar increíble, irreal. El azul de sus cielos era más claro y más brillante que ninguno; los tonos rojos y naranjas de la puesta de sol, más ricos y profundos; y la brisa que soplaba en el aeropuerto, más fresca y más fragrante.

Todo parecía nuevo y terriblemente antiguo a la vez. Y Mennah, por cuyas venas corría la sangre de aquel reino, se comportó como si reconociera el lugar: miró a su alrededor con los ojos muy abiertos y respiró a fondo. Cualquiera habría dicho que quería absorber Judar, convertirlo en parte de su ser.

—*Ahlan bi-ki fi darek, ya sagirati*. Bienvenida a casa, hija mía.

La voz que sonó era la de Faruq. Pero la bienvenida sólo era para Mennah, no para ella, y se sintió muy deprimida.

Hasta que el príncipe le pasó un brazo por encima del hombro.

—Pensaba que me llevabas a Judar, no a una colonia espacial en otro planeta –le dijo.

Faruq la miró con satisfacción.

—¿Quiere eso decir que te gusta nuestro aeropuerto?

Carmen echó un vistazo a su alrededor. Había estructuras que se extendían en todas las direcciones, hasta donde alcanzaba la vista.

—¿Que si me gusta? No salgo de mi asombro... es tan grande que debe de ocupar todo el territorio nacional de tu país.

—Lo que estás mirando es el Global Central, nuestro último y más grande proyecto, un puerto franco para el comercio y la industria. El aeropuerto forma parte de él, y debo decir que ya se ha convertido en el mayor del mundo por número de pasajeros y cantidad de carga transportada –explicó.

—No lo dudo en absoluto. Nunca he visto un aeropuerto que tuviera diez pistas que no se cruzan. Si es que las he contado bien, claro...

—Se han construido para adelantarnos a las necesidades futuras. Son paralelas y no se cruzan porque así pueden aterrizar y despegar más aviones en menos tiempo. El año pasado recibimos a veintiséis millones de pasajeros, y éste esperamos alrededor de treinta.

Mennah lo miró con tal curiosidad que su padre dijo:

−¿A ti también te interesa? Pues mira, ¿ves esos edificios enormes de acero y cristal? Son cuatro terminales de pasajeros, doce hoteles y un montón de centros comerciales. Menos mal que también tenemos muchos miles de plazas de aparcamiento... ¿y ves aquellas señales? Cada color indica un medio de transporte a Durgham, la capital de Judar y nuestro hogar. Tenemos el Metro, el tren y una autopista.

Faruq se giró hacia Carmen. Su primer paso en suelo de Judar lo había dado sobre una alfombra roja. Ni más, ni menos.

−Es extraño −dijo ella−. Todo es muy moderno, incluso futurista... y sin embargo, tengo la impresión de que está sacado de algún cuento de *Las mil y una noches*. Debe de ser por los detalles sutiles de la decoración. O no, no, olvida eso... es por la tierra.

−Así que sientes la tierra... ¿y qué te dice?

Ella estuvo a punto de contestar que le decía que huyera, que se marchara de allí tan pronto como fuera posible y a toda prisa.

Pero en ese momento se oyó el estruendo de un helicóptero que se acercaba ellos y no dijo nada. Curiosamente, Mennah no se asustó. Tal vez, porque su padre no demostró la menor preocupación.

–Ya ha llegado –dijo él.

Las aspas del helicóptero, que aterrizó a pocos metros de distancia, provocaron ráfagas de viento que revolvieron el pelo de Carmen y le aplastaron la ropa contra el cuerpo. Mennah estaba encantada y no dejaba de sonreír.

Segundos después, dos colosos de bronce descendieron del aparato. Eran tan altos como Faruq o tal vez más. Uno llevaba un traje negro y otro, gris; pero los dos parecían dioses que hubieran descendido del cielo para gobernar la tierra.

Los recién llegados caminaron hacia ellos. Al principio sólo miraron a Carmen, a quien sometieron a una especie de inspección visual llena de desconfianza. Pero luego se fijaron en Mennah, que los observaba con verdadera fascinación.

Los ojos verdes del hombre de gris se clavaron en los dorados de Faruq. Y Carmen no necesitó nada más para saber que era uno de sus hermanos: su mirada estaba llena de comprensión, de amor y de lealtad. Lo habría sabido aunque el príncipe no le hubiera dicho que estaría en el aeropuerto.

–Es una niña preciosa.

Faruq miró a su hermano con gesto de satisfacción y respondió:

–Yo pensé lo mismo cuando la vi por primera vez.

Justo entonces se oyó la voz del hombre de traje negro.

–*Mafi shak, hadi bentak.*

Carmen lo entendió perfectamente. Significaba «No hay duda de que es tu hija».

Su otro hermano, de cabello ligeramente largo y ojos de hipnotizador, le había parecido un hombre impresionante; pero éste la dejó sin habla. Su pelo era negro como la noche, los rasgos de su cara, implacables y duros, y sus ojos, los de un lobo solitario.

–¿*Wahadi maratak?* –preguntó a Faruq, sin mirarla.

–Sí, soy su mujer –intervino ella–. Y si estáis hablando en árabe para excluirme de la conversación, será mejor que tengáis cuidado con lo que decís. Según Faruq, mi dominio del árabe es francamente bueno.

Los tres hermanos la miraron. Faruq, con humor, el del traje gris, con sorpresa, y el de negro, con los ojos fríos e inmutables de quien está acostumbrado a juzgar a los demás y no se deja engañar por nadie.

Carmen se puso nerviosa, pero tenía que salir del paso. Así que se encogió de hombros y comentó:

–Ya veo que Faruq no tiene intención de presentarnos. Pero supongo que sois Shehab y Kamal, sus hermanos... decidme una cosa: ¿esto es lo que debo esperar a partir de ahora?

Faruq arqueó una ceja.

–¿A qué te refieres? –preguntó.

–A esto –repitió, señalando a sus dos hermanos–. ¿Todos los al Masud son iguales?

–¿Iguales?

–Sí, altos como torres... Cualquiera diría que habéis salido de una convención de superhéroes –bromeó.

Los tres hermanos sonrieron a la vez.

–¿Estás coqueteando con ellos, Carmen?

–No, ni siquiera estoy coqueteando contigo. Me limito a constatar el hecho de lo injusta que es la vida... por simple estadística, a vosotros os sobran los centímetros que a otros les faltan. Y si vuestras propiedades se repartieran entre trescientos hombres, serían ricos y no tendrían que preocuparse por nada.

–Ya he tomado una decisión –dijo el de gris–. Me caes bien, Carmen...

El hombre le estrechó la mano y ella lo miró con profundo agradecimiento por ayudarla a romper el hielo.

–Soy Shehab, el segundo de los tres –continuó–. Kamal es nuestro hermanito pequeño.

A Carmen no le pareció que la definición de hermanito pequeño encajara precisamente bien con él. Pero contuvo el temor que le causaba, se giró hacia Kamal y dijo:

–Encantada de conocerte. Y por cierto, no me parece que tú puedas ser el hermanito de nadie.

Los ojos de Kamal brillaron con algo parecido a la sorpresa.

–De todas formas, Faruq sólo me saca dos años. No se puede decir que haya gran diferencia entre nosotros –afirmó.

–Ahora lo entiendo. Los tres parecéis de la misma edad... Supongo que tener hermanos debe de ser muy divertido. Me temo que yo soy hija única. No sabéis la suerte que tenéis –dijo ella.

Los hermanos se miraron entre sí y luego la miraron a ella.

Su escrutinio era tan intenso que dijo lo primero que se le ocurrió.

–Me extraña que podáis estar así...

–¿Así? –preguntó Shehab.

–Sí, en un espacio abierto y sin vigilancia aparente.

–¿Te refieres a que cualquier francotirador podría acabar con la vida del príncipe heredero? –preguntó Kamal como humor–. Sí, tienes razón. Desde pequeños nos han enseñado a no poner todos los huevos en la misma cesta, por si acaso. Pero Faruq se ha empeñado en que hoy hiciéramos una excepción.

Faruq se encogió de hombros.

–Pero tenía un buen motivo...

–Por supuesto que sí –intervino Shehab–. ¿Cómo decía el telegrama que nos enviaste? Ah, sí... «Tengo una hija. Esperadme en el aeropuerto. Mañana me caso».

–¿Mañana? –preguntó Carmen.

–¿Qué pasa, que el telegrama no te llegó a ti? –preguntó Kamal con ironía.

Ella sacudió la cabeza.

–No, no me dijo nada. Sólo mencionó que tendríais que ser testigos de...

Shehab y Kamal miraron a su hermano con interés.

—¿Es que quieres que retrasemos la ceremonia? —preguntó Faruq.

—Bueno, acabamos de llegar... Necesito un poco de tiempo para...

—Ya has tenido tiempo de sobra.

Shehab notó la tensión que había entre ellos y decidió intervenir. Se acercó a la niña, la tomó en brazos y le dijo:

—Hola, preciosa, somos tus tíos... yo soy Shehab, y éste, Kamal.

Kamal también se acercó, pero con inseguridad, como si tuviera miedo de tocarla. Mennah sonrió y le agarró un dedo. Al parecer, también reconocía a los hermanos de su padre.

Todavía estaban jugando con la pequeña cuando apareció Hashem con el cofre. Faruq tomó delicadamente en brazos a su hija, se la dio a Carmen y sentenció:

—Nosotros vamos a firmar esos papeles. Espérame en la limusina... Shehab, Kamal y yo tenemos que organizar la ceremonia de mañana. Cuando terminemos, os llevaré a Mennah y a ti a casa.

A casa. Iban a casa. A una casa que Carmen ni siquiera podía imaginar. A la casa de Faruq, que también sería la de su hija.

Sólo quedaba por saber si ella también llegaría a sentirse, algún día, como en su hogar.

Pero eran demasiadas preguntas para planteárselas en ese momento, así que decidió mirar por la ventanilla y disfrutar del esplendor de Durgham, la capital Judar. No todos los días atravesaba una ciudad diseñada por los mejores arquitectos del mundo, que habían sabido combinar presente y pasado de un modo tan misterioso y clásico como estéticamente revolucionario.

Sin embargo, el paisaje no la animó. Faruq estaba sentado en el mismo asiento y su presencia la tenía en tensión permanente.

—Necesito saber qué quieres de *mahr*.

El *mahr* era la dote. En aquel caso, el patrimonio que se entregaba a la novia a cambio de disfrutar del derecho de las relaciones maritales.

—Gracias, pero no necesito tu dinero. Como viviré contigo y con Mennah, es inevitable que comparta algunos de tus privilegios, pero dejémoslo ahí.

Él la miró con una mezcla de asombro, humor y enfado.

—¿De qué estás hablando? En Judar, el *mahr* es un regalo obligatorio del novio. Es tuyo. Te pertenece —afirmó.

—No sé si las palabras «regalo» y «obligatorio» se llevan bien en la misma frase. Yo diría que son mutuamente excluyentes.

—Las obligaciones gobiernan las relaciones, Carmen. El *mahr* es una forma de asegurar que la novia no tenga problemas económicos si el matrimonio fracasa. Fíjate en lo que te pasó con tu matrimonio anterior... te casaste por amor y sin pensar en nada más. ¿Y adónde te llevó eso?

–A la libertad, a la dignidad, a poder marcharme sin deber nada a nadie –espetó–. No habría aceptado ninguna otra cosa.

Faruq suspiró.

–Dime qué quieres, Carmen...

–Está bien. ¿Puedo pedir cualquier cosa, lo que sea? En cierta ocasión me dijiste que atenderías cualquier demanda que te presentara.

–Cualquier cosa. Siempre que sea razonable.

–¿Y qué sería poco razonable para ti? Veamos... ¿qué te parece si me regalas toda tu flota de aviones privados? Ah, y cien millones de dólares.

–Ya son tuyos.

Carmen se sobresaltó. No esperaba esa respuesta.

–No, no... sólo estaba bromeando. ¿Es que desconoces el concepto «broma»?

Faruq la miró con seriedad.

–Agradezco los chistes tanto como cualquiera, Carmen, pero no es ningún chiste. El *mahr* tiene que ser algo que te importe, algo que te honre a ti y a mí mismo.

Carmen se pasó una mano por el pelo.

–De acuerdo... ¿Qué tal alguna piedra preciosa de tamaño obsceno?

–Ya tendrás las joyas de mi madre y todas las que quieras del tesoro real. Eso es tu *shabhah*, no tu *mahr*. ¿Quieres los aviones y los cien millones de dólares?

–Por supuesto que no. ¿De qué me servirían?

–Puedo darte unos cuantos consejos al respecto...

–Mira, ni soy una mujer de negocios ni me gusta ir de compras. Darme propiedades y dinero sería malgastarlo... ¿El *mahr* tiene que ser algo material, necesariamente?

Él entrelazó los dedos.

–Mientras estemos vivos, sí. Pero cuando estemos muertos y seamos fantasmas, podrás tener un regalo inmaterial.

–Estoy hablando en serio, Faruq. ¿No podría ser algo... moral?

–No. Las cosas materiales tienen que ser cuantificables y duraderas.

–Si tú lo dices... lo siento por ti.

–Tú te casaste por consideraciones morales. Y mira lo que pasó –se defendió el príncipe–. Además, ¿qué tipo de regalo moral podría darte? ¿Amor?

La simple mención de la palabra bastó para que Carmen se estremeciera.

–Ya hemos acordado que el amor no existe –dijo ella–. O que existe, pero no importa.

–Entonces, ¿qué quieres?

Ella tomó aliento y pidió algo tan imposible como el amor:

–Borrón y cuenta nueva.

Capítulo Ocho

Tras toda una vida de traiciones, peligros y conspiraciones de alcance mundial, había pocas cosas que hubieran sorprendido a Faruq. De hecho, sólo se le ocurrían tres. Y las tres estaban relacionadas con Carmen.

En primer lugar, la forma en que él mismo se sentía cuando la miraba, en segundo, que ella lo hubiera abandonado sin más, y en tercero, su petición de *mahr*.

Borrón y cuenta nueva.

Le estaba pidiendo que olvidara el pasado, que la perdonara por lo que había hecho, que empezaran de cero. Pero no entendió por qué. A no ser que quisiera volver a ganarse su confianza y su afecto para traicionarlo otra vez.

Por lo visto, Carmen lo conocía muy bien. Siempre decía o hacía lo correcto para conseguir el efecto que buscaba. De hecho, Faruq había estado a punto de arrojarse a sus brazos y hacerle el amor en el asiento de la limusina. Él era el primero que quería olvidar. Y tuvo que resistirse a la tentación con todas sus fuerzas.

Además, Carmen ni siquiera estaba allí porque quisiera un comienzo nuevo, estaba allí porque la había obligado. Con independencia de cuáles fueran sus razones para haberse marchado, él se habría quedado sin Mennah y Judar se habría condenado al reinado de Tareq si no la hubiera localizado a tiempo.

No debía olvidar eso. Nunca.

Por otra parte, tampoco podía negar que su nerviosismo y su preocupación eran sinceros. No estaba actuando. Iba a empezar una nueva vida y era lógico que estuviera asustada e incluso que quisiera una segunda oportunidad.

–Está bien. Como no me pides nada concreto, te regalaré algo por mi cuenta –dijo al fin–. Pero tendrás que aceptarlo, Carmen. No volveré a discutir este asunto contigo.

Carmen le dedicó tal mirada de decepción que él se giró hacia la ventanilla y fingió ignorarla.

Al día siguiente, cuando estuvieran oficialmente casados, ya tendría la oportunidad de dedicarle toda su atención.

Cuando se acercaron al palacio de Faruq, Carmen se sintió como la protagonista de una película de fantasía que estuviera a punto de cruzar la puerta mágica que la llevaría a un cuento de hadas o a una pesadilla.

Pero en ese momento no le importó. Había pedido a Faruq un imposible. Lo había hecho porque, en el fondo, estaba deseando que el príncipe la perdonara y olvidaran el pasado. Desgraciadamente, se había negado.

–¿Todo esto es tuyo?

Carmen lo preguntó sin darse cuenta.

–Yo tengo mi propia casa. Hace tres años que no vivo en palacio... pero aunque mi tío no tuviera los problemas que tiene, habríamos venido aquí de todas formas. Los príncipes herederos se casan aquí.

–¿Quieres decir que ése es el Palacio Real? –preguntó, asombrada–. ¿Insinúas que vamos a vivir con el rey y con su familia?

Faruq la miró con humor.

–Descuida, tu familia política no te va a estar molestando todo el tiempo. El complejo de palacio tiene más de cien hectáreas de extensión, trescientas veinte habitaciones, noventa y cinco suites y una playa de cinco kilómetros. Y eso, sin contar el edificio central con las habitaciones reales y las salas de gobierno. Será como estar un hotel donde sólo vieras a los demás residentes si tienes cita previa.

–Ah... –acertó a decir.

Carmen ni siquiera se podía imaginar viviendo en palacio. Pero iba a casarse con el heredero del trono, y la enormidad de todo el asunto la puso verdaderamente nerviosa.

Por suerte, la belleza del palacio llegó en su rescate.

Iluminado por una puesta de sol arrebatadora, en una península que se adentraba en aguas cristalinas y rodeado por un sinfín de edificios menores y de jardines, parecía el buque insignia de alguna especie extraterrestre. Era tan bonito que no pudo evitar una expresión de asombro.

—Dios mío... parece cosa de magia...

Faruq asintió.

—Sí, pero las fuerzas que lo crearon son completamente humanas. Cientos de artesanos, diseñadores, ingenieros y arquitectos de todo el mundo que combinaron el legado y la historia de Judar con la tecnología más avanzada —explicó—. ¿Quién necesita la magia cuando se dispone de la imaginación y de las habilidades del hombre?

—Tienes razón.

Ésas fueron las últimas palabras que cruzaron en la limusina, porque un segundo después entraron en el complejo y empezaron a cruzar puertas y jardines, dejando atrás torres de aspecto bizantino y pabellones con aire de la India, hasta que el vehículo se acercó al edificio principal.

—En comparación con esto, el Taj Mahal parece una casucha —dijo ella.

—Desde que terminaron de construirlo hace cinco años y la familia real abandonó el palacio antiguo y se mudó aquí, se ha convertido en un símbolo nacional. Y en uno de los lugares más visitados por los turistas de medio mundo.

—¿Se permite la entrada a los turistas?

—Sí, dos días a la semana, pero sólo pueden entrar a algunas zonas —respondió—. Fue idea mía. Se lo sugerí a mi tío y él lo aceptó... de hecho, el turismo ha aumentado un trescientos por cien desde entonces.

–Vaya... tuviste una gran idea, Faruq. La gente que venga a visitarlo se sentirá como si estuviera en un cuento oriental –comentó.

Faruq sonrió.

–Supongo que sí, aunque esto no es ningún cuento.

Cuando la limusina se detuvo, el príncipe salió y le tendió una mano. Ella estaba tan alterada que tropezó, pero él se encargó de ayudarla y evitó que hiciera el ridículo delante de los empleados que los estaban esperando en la entrada.

La majestuosidad de palacio y las responsabilidades de su nueva vida bastaban para que se sintiera minúscula. Y cuando por fin empezaron a subir la escalinata del edificio de piedra, cuya fachada tenía cuatro torres y todos los tonos del desierto, estuvo a punto de sufrir un pequeño ataque de pánico.

–Es asombroso –dijo–. Casi puedo imaginar el puerto y los jardines y terrazas que dan a la playa, iluminados con faroles y con antorchas... casi puedo oír la música y las voces de la gente en los banquetes y las fiestas.

Faruq la miró con intensidad.

–¿Quién mejor que tú para comprender el potencial de este palacio? Por desgracia, mi tío lleva enfermo tanto tiempo que no se ha dado ninguna fiesta ni banquete en cinco años. Nuestro matrimonio será la primera ceremonia festiva que vean estas paredes –le confesó.

Un mayordomo se acercó a recibirlos cuando

llegaron a las puertas del edificio, que medían seis metros de altura y estaban decoradas con oro y plata. Después, pasaron a un vestíbulo circular de suelos de mármol y un techo altísimo y rematado con una cúpula de cristal. Todo era tan bello y tan lujoso, y había tanta luz, que los ojos de Carmen absorbieron hasta el último detalle.

–Si tuviéramos más tiempo, habría permitido que tú organizaras la boda –comento Faruq–. Tuviste tanto éxito con mis conferencias que sé que la habrías convertido en un sueño si hubieras tenido el palacio a tu disposición.

Carmen se sintió profundamente halagada. A pesar de todo, era evidente que el príncipe tenía en gran estima sus habilidades profesionales. Y hasta pensó en todas las cosas maravillosas que podría hacer cuando se casaran.

Una vez más, tropezó. Y una vez más, él la sostuvo.

–En cualquier caso, mi tío está tan enfermo que no habría podido ser –añadió–. Es mejor que la ceremonia sea normal y corriente.

Entraron en un ascensor tan grande que casi parecía una copia del vestíbulo; y tan silencioso que, cuando llegaron a su destino, Carmen tuvo la impresión de que no se había movido ni un milímetro.

Después, salieron a un corredor lleno de arcos que los llevó a un pasaje flanqueado por columnas de piedra. En todas las columnas había un farol encendido, de metal, que potenciaba el ambiente mágico.

Carmen miró hacia delante y vio que se acercaban a unas puertas dobles. Eran de cedro, plata y hueso de camello, y parecían haber sido transportadas hasta el presente desde algún milenio remoto.

Faruq murmuró unas palabras, las tocó con suavidad y las puertas se abrieron. Aparentemente, tenían un sistema de reconocimiento de voz y otro de sensores de contacto.

Pasaron a otro pasillo, que esta vez tenía habitaciones a cada lado. Pero momentos después, Faruq la llevó a una de las suites y Carmen se encontró en una sala preciosa con una enorme lámpara redonda que colgaba de unas cadenas, muebles labrados a mano y los típicos cojines de estilo marroquí.

–Todas tus cosas están aquí. Si necesitas algo más, pídeselo a Ameenah, tu doncella. Es la esposa de Hashem y te ayudará a familiarizarte con el funcionamiento de palacio, desde las cuestiones de seguridad hasta las zonas de esparcimiento. Cuando pueda, le daré una lista con lo que hay que hacer. Pero esta noche, relájate, date una ducha y acuéstate pronto. Quiero que estés descansada, porque mañana va a ser el día más importante de tu vida...

Carmen sintió un nudo en la garganta al oír la última frase de Faruq.

–Entonces, ¿éstas van a ser nuestras habitaciones?

Él la miró.

—No, son mis habitaciones... aunque ahora también son tuyas. Nuestro dormitorio está al fondo –dijo, señalando hacia unas puertas cerradas–. Elige una de las habitaciones para Mennah. Así, la doncella podrá cuidar de ella cuando tú y yo estemos ocupados.

—Pero yo pensaba que...

—¿Sí?

—Bueno, creí que tendríamos habitaciones separadas –confesó.

—¿Y por qué has llegado a esa conclusión?

De repente, Carmen tuvo un acceso de furia.

—Porque esto no es un matrimonio de verdad.

El príncipe sonrió.

—Por supuesto que lo es. Mucho más que todo lo que te haya sucedido antes –afirmó–. Se ha enviado una notificación de nuestro matrimonio a todas las embajadas del mundo. Mientras volábamos, recibí las felicitaciones personales de todos los jefes de Estado de la Tierra... y aunque la ceremonia es inminente, cuatro presidentes de Gobierno y una docena de reyes y reinas han confirmado su asistencia.

Carmen soltó una risita histérica.

—¿Y eso es lo que tú llamas una ceremonia normal y corriente? –ironizó.

—Desde luego. En circunstancias normales, los invitados habrían estado diez días en palacio y se habrían aplicado las normas para los matrimonios de la familia real: tres días y tres noches de fiestas antes de la boda, y otros diez a continuación –respondió Faruq–. Así sólo vendrán unas dos mil personas, y las celebraciones se limitarán a un banquete al anochecer. Pero todo el mundo lo ha entendido; a fin de cuentas el rey está enfermo y nosotros ya nos hemos casado y tenemos una hija...

–Y supongo que lo de alojarme en tus habitaciones es para mantener las apariencias, ¿verdad?

–Si prefieres pensar eso, piénsalo –dijo, algo aburrido con su desconfianza–. Pero te aseguro que no estaré manteniendo las apariencias ni pensando en el público cuando te haga el amor todas las noches.

Carmen estuvo a punto de sufrir un infarto.

–Pero... pero... no nos hemos casado por eso...

–¿Ah, no? –preguntó, inclinando la cabeza hacia un lado–. ¿Y por qué nos hemos casado entonces?

–Ahórrame las preguntas retóricas, Faruq.

–No, no, estaré encantado de contestarla yo mismo. Nos hemos casado por Mennah. ¿Y quieres que te recuerde cómo ha llegado al mundo? Porque no la ha traído la cigüeña precisamente... Mennah es una prueba gloriosa de cuánto disfrutamos el uno del otro.

–Siento decepcionarte, pero la concepción no tiene nada que ver con el placer. Son asuntos distintos –espetó.

–Eso es verdad. Sin embargo, la concepción de Mennah fue consecuencia del placer más absoluto –afirmó él.

—Pero eso es el pasado.

—Y esto, el presente. ¿O vas a decirme que ya no me deseas?

—Por supuesto que sí. Yo no deseo... no deseo nada de esto. Y desde luego no sé qué deseas tú —acertó a responder.

—Yo diría que he sido bastante explícito.

—No digas estupideces. Tú no me deseas.

Faruq la tomó de la mano y se la puso en la entrepierna, justo encima de su erección.

—Entonces, ¿cómo explicas este detalle?

Ella soltó un grito ahogado.

—Sólo quieres sexo, nada más. Cualquier mujer atractiva te serviría.

—Oh, vaya, ahora me acusas de ser un promiscuo —dijo con humor—. Pero si fuera verdad que me sirve cualquier mujer atractiva, ¿por qué querría estar contigo? Sabes tan bien como yo que puedo acostarme con las mujeres más bellas de la Tierra en cuanto lo desee.

—Buena pregunta... Quizás quieras estar conmigo porque soy la novedad. Seguramente soy la primera mujer que te ha rechazado.

—Sí, no voy a negar que los retos me gustan —declaró en voz baja, casi en un susurro—. Pero escúchame bien, Carmen: ya te he tenido y volveré a tenerte. Una y otra vez. Todo el tiempo. Todos los días.

—No, no lo permitiré.

Ella le pegó un empujón, enojada. Había perdido el control. Pero Faruq la agarró, dejó que forcejeara un poco hasta tranquilizarse y la soltó.

-¿Estás segura de eso?

-No permitiré que me tengas. Así, no.

-¿Y cómo quieres que sea? ¿Con un deseo total? ¿Llevándote al éxtasis? -preguntó él-. ¿Es eso lo que te incomoda? ¿Que te doy demasiado placer? A no ser, por supuesto, que te apetezca algo más duro, más arriesgado... con un poco de dolor y peligro. Si es así, estaré encantado de satisfacerte. De hecho, han pasado cosas tan desagradables entre nosotros que esa posibilidad me resulta muy tentadora.

-No, Faruq. Lo único que pretendo decir es que no quiero hacerlo en estas circunstancias.

-Carmen, no sabes mentir. Me deseas. Me deseas con toda tu alma.

Ella no podía negarlo, así que cambió de estrategia.

-¿Por qué has cambiado de idea, Faruq? Estabas tan enfadado conmigo...

-Y sigo estándolo. Pero creo que seré mejor amante por eso. Más explosivo.

-Pues si crees que voy a permitirlo, si verdaderamente crees que me gusta que me fuercen...

El príncipe soltó una carcajada.

-¿Forzarte? La única fuerza que yo he usado contigo es la que necesito para separarme de ti cuando terminamos de hacer el amor -le recordó.

-Pero eso era cuando nos llevábamos bien, cuando no había pasado nada malo entre nosotros. Las cosas han cambiado.

-A mejor. Porque ahora somos marido y mujer.

–Sólo nos hemos casado por el bien de Mennah...

–En efecto. Me he casado contigo por el bien de nuestra hija, pero eso no tiene nada que ver con la pasión que compartimos durante tanto tiempo, con tus gritos de placer, con tu necesidad, con tu forma de arquearte debajo de mí... Ahora soy tu marido y te deseo. Compartirás mi vida pública en calidad de esposa, y mis noches en calidad de amante. Y yo haré lo que sea por ti y contigo. Lo que sea, Carmen. Y más.

Carmen notó que las piernas se le doblaban e intentó sentarse en un sofá, pero falló por poco y acabó en el suelo. Después, lo miró y tuvo que resistirse al impulso de rogarle que la dejara en paz.

–Si tuviera tiempo, me quedaría aquí y te demostraría hasta qué punto mientes al insinuar que ya no me deseas, pero tengo que ver a mi tío inmediatamente –declaró Faruq–. Esta noche no vendré, así que podrás dormir sola. Y como debo respetar las tradiciones de Judar, ya no te veré hasta la boda.

El príncipe se alejó a grandes zancadas. Pero al llegar al arco del corredor, giró la cabeza un momento y añadió por encima del hombro:

–Descansa tanto como puedas. Lo necesitarás.

Capítulo Nueve

Carmen estaba tumbada boca abajo en la mesa de masajes, mirándose las manos. Acababan de pintárselas con hena, y le habían hecho dos dibujos preciosos e intrincados, completamente diferentes.

–Nunca me había quedado tan bien –dijo Ameenah, maravillada con su propio trabajo–. Aunque supongo que el mérito es tuyo... la idea de diseñar los dibujos a partir del nombre de Faruq en varios idiomas ha sido muy buena.

Ameenah se levantó y siguió hablando.

–Espero que se dé cuenta sin necesidad de que se lo digas...

A Carmen se le había ocurrido la idea porque escribirse su nombre en el cuerpo le pareció una forma perfecta de hacerle entender todo lo que sentía, todo lo que pensaba y no podía decir.

Se levantó, se vistió y pensó que era increíble que se hubiera sentido tan relajada en presencia de Ameenah a pesar de estar medio desnuda. Al igual que su marido, tenía la virtud de lograr que se sintiera tranquila en su presencia.

Cuando Faruq se marchó la noche anterior, estaba tan nerviosa que no podía conciliar el sueño, pero Ameenah llegó al cabo de un rato para ayudarla con los preparativos de la boda y congeniaron inmediatamente. Luego aparecieron Salmah y Hend, sus hermanas, que les echaron una mano. Y más tarde, después de dar la cena a Mennah, salieron de la suite y regresaron con un montón de vestidos para que pudiera elegir el más adecuado para la boda.

Carmen eligió un vestido entre naranja y rojo, del color de su pelo, cuya parte superior era un corsé de seda muy escotado, con motivos florales en plata y oro e incrustaciones de perlas, lentejuelas y piedras preciosas de varios tonos entre azul y turquesa, como sus ojos. De cada hombro caía una cascada de borlas de oro, con velo de chifón hasta las muñecas.

En cuanto a las faldas, repetían los motivos del corsé, pero con rubíes y granates. Y el conjunto se completaba con un velo de novia de color azul coral.

Cuando se lo probó y empezaron a hacer los cambios necesarios para ajustarlo bien a su figura, Carmen se dejó llevar por el placer de disfrutar de un objeto tan exquisito. Pero entonces llegó el momento más difícil.

Tenía que elegir los accesorios.

Debía elegir lo que más le gustara entre las joyas de la madre de Faruq y las joyas de la Casa Real de Judar.

Ameenah y media docena de guardias la escoltaron hasta una gigantesca cámara acorazada situada en uno de los sótanos de palacio. Al entrar, Carmen pensó que estaba entrando en la cueva de *Alí Babá y los cuarenta ladrones*.

Las joyas resultaron tan impresionantes que no habría sabido qué elegir si no hubiera tenido que someterse a los colores del vestido y decidir en consecuencia. Al final, eligió una gargantilla de oro de veinticuatro quilates con un colgante que le caía sobre la clavícula, así como pendientes, un brazalete y una cadena para el tobillo. Todos iban a juego y todos estaban decorados con zafiros, rubíes, aguamarinas y unas estrellas de ocho puntas con un diamante en el centro: de un quilate en la gargantilla y de diez en el colgante.

Pero se sentía tan insegura que quiso asegurarse de que Faruq hablaba en serio al decir que se podía poner las joyas.

Naturalmente, Ameenah se lo confirmó.

–No entiendo nada –dijo Carmen–. ¿Quién querría poseer algo que hay que guardar en una cámara acorazada y bajo la vigilancia de un ejército de guardias?

–No te preocupes por eso. Ahora eres la esposa del príncipe heredero. Eres cien veces más valiosa que todas las joyas del Reino de Judar.

Por primera vez, Carmen comprendió el alcance del paso que estaba a punto de dar.

–Dios mío, tienes razón... sigo pensando que soy una persona normal y corriente, y temo lo que la gente podría hacer si supiera que poseo objetos tan valiosos. Pero ya no soy una persona normal.

Mennah y yo nos hemos convertido en dos de los objetivos más codiciados de la Tierra.

–Le ocurre a todos los miembros de la familia real. Sin embargo, tampoco debes preocuparte por eso. Bajo la protección invisible que te proporcionará *Maolai Walai el Ahd,* ningún gobierno del mundo y desde luego ningún delincuente se atreverá a ponerte un dedo encima. Nadie se arriesgaría a despertar su cólera. O la de *somow wohom*, Shehab y Kamal.

Al volver a las habitaciones de Faruq, Carmen se dio un baño en uno de los magníficos servicios de mármol y oro de palacio. Luego se metió en la cama de la habitación de Mennah, con la cuna a escasa distancia, y despertó ocho horas después.

En cuanto se pusieron a desayunar, Ameenah empezó a ponerle la hena en las manos. Tenía que hacerlo cuanto antes para que se secara, pero lamentó que tuvieran tan poco tiempo porque el color no alcanzaría su plenitud hasta después de la ceremonia o incluso hasta el día siguiente.

–Bueno, no importa –añadió la mujer–, tendrás muchas noches de amor con tu esposo... muchas ocasiones para que él disfrute de tus esfuerzos para estar bonita y para que te dé placer a cambio.

Ameenah era tan amable con ella que Carmen fingió una sonrisa. Aunque hubiera podido confiar en ella, no le habría confesado la verdad. Creía que se casaban por amor y no se habría atrevido a sacarla de su error.

–Bueno, supongo que ya es hora de pasar al siguiente punto...

Ameenah le explicó que Faruq había dado órdenes de preparar el dormitorio de la suite para la noche de bodas, y Carmen se preguntó qué tipo de preparativos querría que se hiciera. Aunque no había dormido en él, le había echado un vistazo y lo había encontrado maravilloso; era una habitación tan grande como todo su piso, dividida con columnas y arcos y decorada de forma muy masculina.

En cualquier caso, lo descubriría pronto.

Sólo faltaban dos horas para la ceremonia.

En ese momento, vio que Mennah miraba con tristeza hacia los balcones y dijo:

–No estés triste, cariño. Todo lo que hago es por tu seguridad y por tu felicidad. Todo lo que hago es por ti.

–Ya es la hora, *ya amirati*.

Carmen se sobresaltó. Sabía que Ameenah estaba a punto de decirlo, pero la asustó de todas formas.

Había llegado el momento.

Se iba a casar con Faruq. Iba a contraer matrimonio con un príncipe heredero. Y aunque fuera consciente de que el suyo estaba destinado a ser un acuerdo probablemente temporal, se tranquilizó al pensar que eso pasaba con todos los matrimonios. Todo el mundo deseaba que duraran para siempre, pero las cosas eran distintas.

Sería mejor que disfrutara de ello. Mientras durara.

Además, las cuestiones personales sólo eran una parte menor de su compromiso. Ella tenía que pensar en otras cosas. Era la madre de una princesa del Reino de Judar. Una mujer extraordinariamente profesional que sabía afrontar cualquier situación y que estaba más que acostumbrada a acontecimientos oficiales de ese tipo. De hecho, era como si todo lo que había hecho a lo largo de su vida laboral la hubiera preparado para ese día.

Como había comentado el propio Faruq, nadie habría sido mejor esposa que ella. Muy pocas mujeres sabían navegar en las aguas de la política internacional, limando diferencias y llevando las expectativas a buen puerto.

Honraría a Mennah y honraría su nueva posición.

Honraría a Faruq.

Salió de la suite y Ameenah la siguió con Mennah. Su doncella estaba resplandeciente con el vestido que había elegido, y la niña, encantadora con un conjunto a juego con el de su madre. Las hijas de Ameenah iban detrás, liderando la procesión de damas de honor, todas exquisitas con su piel morena, sus largos cabellos negros y los saris que envolvían sus cuerpos con tonos azules y dorados.

La ceremonia se iba a desarrollar en los jardines del sur, donde los vientos del desierto y del mar permanecieron callados a medida que se hacía de noche. A Carmen le dijeron que Faruq la estaría esperando en la entrada para acompañarla al lugar donde firmarían el certificado de matrimonio. Ella prefirió no elegir un representante y firmar en persona. Y una vez más, Shehab y Kamal oficiaron de testigos.

La agitación y el sentimiento de anticipación desaparecieron; el aire y el mundo se detuvieron cuando vio al hombre que iba a ser su marido.

Faruq.

El príncipe estaba ante la entrada del jardín, esperándola. Mientras avanzaba hacia él, se oyó el estruendo inconfundible de los *doffuf,* unos instrumentos parecidos a las panderetas, y de muchos cantantes que se unían a la canción con palabras que cantaban la belleza de la novia, la felicitaban por su aspecto y la deseaban felicidad eterna y una gran progenie.

Carmen consiguió mantener la calma y siguió andando, recta y altiva, hasta que Faruq se unió a ella y su corazón se detuvo.

El príncipe llevaba el atuendo tradicional, pero con colores azules y dorados que, a pesar de ser más oscuros que los de su vestido, iban tan a juego que cualquiera habría pensado que lo habían hecho a propósito.

La agitación y el placer que sintió se volvieron casi dolorosos al contemplar el pesado *abaya* de seda que levaba sobre los hombros, enfatizando su altura. Debajo llevaba una casaca de botones dorados, con una banda sobre el pecho, y un cinturón con la daga ceremonial y una espada. Los pantalones, de color bronce, eran algo sueltos, pero no ocultaban la potencia de sus piernas.

Aquél era el Faruq de verdad. El heredero de un legado de fábula, la unión del desierto y el mar, la encarnación del poder, la riqueza, la belleza y la majestad.

Y era su novio. El hombre con quien se iba a casar. El padre de su hija.

–Carmen...

Faruq la tomó del brazo y la miró con intensidad y deseo.

–Acabemos con esto antes de que ceda a la tentación de hacer algo impropio contigo –continuó.

Juntos, avanzaron por la alfombra azul y ascendieron a la *kushah*, donde permanecieron sentados durante la ceremonia. La música se detuvo a continuación, y Carmen miró a su alrededor para disfrutar de las vistas: en los jardines había cientos de farolillos colocados entre las palmeras que oscilaban levemente por la brisa. Y en las doscientas mesas destinadas a los invitados, se sentaba la flor y nata de los gobernantes del mundo.

Mirándolos. En silencio.

Faruq se inclinó sobre ella y dijo:

–Tu belleza los ha dejado sin habla, *ya yamilati*.

Carmen se estremeció. Y no porque la hubiera llamado «preciosa mía», sino porque lo había hecho acariciándole la oreja con los labios.

–Bueno, vamos a ganarnos a la multitud. Saquemos el as que tenemos en la manga –añadió él, guiñándole un ojo.

Faruq hizo un gesto a Ameenah, que se acercó con la niña. Luego, alzó a su hija en brazos y la levantó por encima de la cabeza. Los invitados estallaron en un rugido de júbilo y aprecio que pareció divertir mucho a la pequeña. Pero los aplausos se volvieron más estruendosos cuando dejó a Mennah en brazos de su madre, hizo una reverencia ante ella y le besó la mano.

Carmen estaba tan impresionada que se arrojó sobre ellos y los abrazó sin saber lo que hacía. Se hizo un silencio tan absoluto que pensó que había cometido un error terrible y que todo el mundo pensaría que Faruq se había casado con una plebeya estúpida e incapaz de contener sus emociones. Pero el príncipe supo reaccionar a tiempo e hizo algo inesperado: alzarlas a Mennah y a ella en sus brazos.

Todo el mundo aplaudió a rabiar.

–Si pretendías sabotear la ceremonia, te ha salido mal –murmuró él, bromeando–. Les ha gustado tanto que quieren más todavía.

Faruq la dejó en el suelo, permitió que se quedara con Mennah entre sus brazos y le dio un empujoncito para que cruzara la plataforma y saludara a los invitados.

En la primera fila distinguió al canciller alemán, al presidente francés, al rey y la reina de Bidalya, a varios magnates del mundo del petróleo y de la tecnología y al propio rey de Judar en persona.

Y no parecía feliz. De hecho, la miraba como si no le agradara la idea de que su sobrino Faruq se casara con ella.

Se preguntó si Faruq habría actuado contra sus deseos al pedirle el matrimonio. Y de repente, sintió una especie de náusea cuyo origen no tardó en reconocer: Tareq, un hombre al que sólo había visto en otra ocasión.

Al mirarlo, se llevó una sorpresa muy desagradable. Cuando lo conoció, le había parecido un hombre encantador; pero ahora los miraba a Faruq y a ella con tal odio y tal maldad que supo que era capaz de hacer cualquier cosa por herir o al menos disgustar a su primo.

Cuando Faruq dejó a la niña con Ameenah y se acercó, vio que Tareq los observaba con cara de pocos amigos y le dedicó una mirada pétrea y fría.

–Faruq... –dijo ella, buscando su apoyo.

Shehab y Kamal también parecieron darse cuenta de lo que pasaba, porque el primero la miró con cariño, para animarla, y el segundo lo hizo con ferocidad, como queriendo decirle que no se preocupara, que Tareq no podría hacerle ningún daño.

–Carmen, dame la mano –dijo Faruq.

Así empezaba el ritual del *katb el-ketaab*, que literalmente significaba «escribir en el libro», es decir, en el acta matrimonial. Después, el *mazún* colocaría un paño sobre sus manos y recitaría los votos que ellos tendrían que repetir.

Dominada por la emoción, Carmen se la dio.

***

Faruq tomó la mano de Carmen y se llevó una sorpresa.

Se había escrito su nombre. Por todas partes. En árabe, en chino, en montones de idiomas, con trazos exquisitos y casi indescifrables.

Las tradiciones de Judar no preveían que besara a la novia, pero decidió arriesgarse e iniciar una tradición nueva. De hecho, era capaz de echársela encima del hombro y dar una buena razón a los invitados del mundo entero para que pensaran que su reinado iba a cambiar Judar cuando por fin ascendiera al trono.

Al final pensó en su tío, el rey, y decidió contenerse.

Pero no podía olvidar el gesto que había tenido. No podía dejar de pensar en aquellas manos, en el encantamiento de su nombre escrito en tantas lenguas, en la confesión de amor y hasta en la petición que suponía.

A su modo, le estaba pidiendo lo que ya le había pedido en cierta ocasión: borrón y cuenta nueva, empezar otra vez, de cero. Y esta vez, estaba más que dispuesto a concedérselo. Sobre todo ahora que el rey había sucumbido a la insistencia de Tareq de que asistiera a la ceremonia, ahora que había visto la mirada de odio de su primo.

La reacción de Carmen había sido inconfundible. Sentía asco y temor.

¿Sería posible que Tareq la estuviera extorsionando? Hasta entonces no se le había ocurrido la posibilidad de que Carmen no fuera cómplice de él, sino víctima.

Durante un momento, sintió renacer la esperanza.

Después, asintió al *mazún* y el religioso puso un pañuelo con el escudo de la casa de al Masud sobre sus manos y empezó la ceremonia.

—*Somow el Amirah* Carmen, repite conmigo...

Ya estaba hecho. Y él estaba atrapado.

Al lado del rey, sometido al protocolo, imposibilitado de decirle a todo el mundo que ellos ya habían realizado su ofrenda a la política internacional y que ahora quería marcharse para poder gozar de su esposa.

Por lo menos, Carmen sólo había necesitado diez minutos para ganarse la confianza y el cariño del rey. Lo cual era bastante, teniendo en cuenta que la noche anterior le había dicho a Faruq que su novia era una bomba de relojería, un verdadero peligro para el equilibrio cultural de un país tan tradicional y difícil como Judar.

El príncipe concedió dos horas más a su esposa para que siguiera hechizando a los invitados y ganándoselos para su causa. De hecho, lo hizo tan bien que un potentado argentino que acaba de rechazar la oferta de invertir varios miles de millones en Judar, cambió de opinión y se acercó a él para decírselo.

Pero ya no podía esperar más. Se inclinó sobre

el micrófono que llevaba en el cuello del *abaya* y empezó a hablar.

Todo el mundo se volvió hacia él.

–Majestad, queridos invitados... Les doy las gracias por el honor de su presencia y la generosidad de sus bendiciones. Espero que disfruten de la velada, pero me temo que ahora tengo que atender un asunto urgente.

Dicho esto, atrajo a Carmen hacia sí y la besó en los labios.

Fue un beso apasionado, un beso que pasaría a la historia del reino.

Después, la tomó en brazos y dijo:

–Espero que me disculpen y comprendan mi urgencia por llevar a mi mujer al lugar al que pertenece: a mi cama.

Capítulo Diez

Carmen se sintió tan ligera como Mennah. Se sintió invencible, amada y deseada mientras Faruq la llevaba a sus habitaciones.

Pero cuando llegaron a su destino, no estaba segura de que realmente fuera el lugar que ya conocía. Las salas que había visto por la mañana tenían la sobriedad de un hombre práctico que necesita pocos lujos; en cambio, aquéllas eran una mezcla entre las estancias de un sultán decadente y una suite nupcial.

Sin embargo, era el mismo sitio. O al menos, los muebles eran los mismos. A la derecha había una zona de descanso con sofás de color rojo y alfombras persas; a la izquierda, un comedor para dos con una mesa de caoba. Olía a incienso por todas partes, y de fondo se escuchaba el sonido de un laúd que añadía exotismo y lascivia al ambiente general.

Faruq cruzó los suelos de madera a una cama con dosel, con el colchón más grande que Carmen había visto en su vida y docenas de cojines de todos los colores.

Cuando la dejó sobre ella y se tumbó a su lado, ella lo miró con un deseo tan evidente que él preguntó:

–¿Qué te ha hecho cambiar de idea?

–No he cambiado de idea. Nunca dije que no te deseara.

–Yo no estoy tan seguro de eso.

–Sólo te mentí aquella vez, Faruq. Si he insinuado otras cosas desde entonces, ha sido únicamente para no complicar nuestra relación. Estaba convencida de que tú no me deseabas de verdad.

–Si eso es cierto, dilo. Pronuncia las palabras.

Carmen asintió.

–Te he deseado desde que te vi por primera vez. Nunca pensé que se pudiera sentir algo tan intenso, tan feroz, tan total, pero no he dejado de desearte en ningún momento, Faruq. Y Dios sabe que lo he intentado... Sólo insinué lo contrario porque me sentía profundamente humillada.

–¿Humillada por mí?

–No, tú sólo me has dado satisfacciones y afecto. A pesar de que tenías todo el derecho del mundo a sentirte traicionado, te contuviste y me diste la oportunidad de casarme contigo. Incluso quisiste darme más de lo que yo estaba dispuesta a admitir...

Carmen se detuvo un momento antes de continuar.

–En realidad, yo no intentaba protegerme de ti. No te temía a ti, sino a las circunstancias, a tu posición política, a tu forma de vida, a mi propia debilidad. Pero supe que tenía que arriesgarme por el bien de Mennah.

–Entonces, te lo volveré a preguntar: ¿qué te ha hecho cambiar de idea?

—Todo... empezando por la profundidad de tus sentimientos y terminando por tu compromiso hacia Mennah. Pero fue anoche, cuando me di cuenta de que me deseabas de verdad, de que eso no tenía nada que ver con nuestra hija, cuando lo comprendí finalmente.

—¿Te acuerdas de la noche en que me abandonaste?

Ella suspiró.

—Dios, no...

Él la interrumpió.

—¿Recuerdas lo que te dije?

—Recuerdo lo que dije yo —respondió—. ¿Y sabes cuántas veces lo he lamentado? Intentaba imaginar cómo te explicaría mi comportamiento, cómo te diría que me sentía atrapada, que no quería compartir tu forma de vida, ese mundo en el que no puedes confiar en nadie y donde...

Faruq soltó algo parecido a una carcajada. Pero no lo fue, porque contenía demasiada furia para serlo.

—¿Y preferiste que te creyera una desalmada? ¿Decidiste herir mis sentimientos de hombre y dañar mi ego antes que consolidar mi paranoia de príncipe? Sólo a ti se te podía ocurrir algo así.

—Bueno, al menos no te mentí del todo. Sabías que yo te deseaba de verdad, no por lo que pudieras ofrecerme.

Él apretó los puños.

—Pero estuviste a punto de destruir nuestra relación.

–¿Y tú? No has dejado de insinuar cosas raras sobre mis supuestas actuaciones y mis habilidades como actriz...

–Porque no podía creerte. Pero ahora tendrás que decirme la verdad, toda la verdad –declaró él–. Necesito una prueba.

Carmen extendió los brazos hacia él. Estaba más que dispuesta a darle la prueba que le había pedido.

–Pídeme lo que quieras, Faruq. Pídemelo y lo haré. Sea lo que sea.

Él no se movió. Estaba terriblemente tenso.

–Te he preguntado si recuerdas lo que dije aquella noche, lo que te dije cuando llegué... casi tenía miedo de tocarte. Llevábamos dos días sin vernos y estaba tan desesperado que pensé que nuestro amor nos llevaría al límite mismo de la supervivencia.

–Es verdad...

–Pues imagínate cómo me siento ahora.

–No necesito imaginarlo, Faruq. También ha sido terrible para mí –le confesó–. Pero por favor, demuéstramelo. Hazme ver lo que se siente al acercarse a ese límite que mencionaste aquella vez...

Faruq se tumbó sobre ella y la miró como un león a punto de devorar a su presa. Luego, empezó a desnudarse y ella sintió la necesidad irrefrenable de reservarse ese derecho para sí misma.

Pero él se lo impidió.

–No me toques, Carmen. Lo que he dicho no es ninguna exageración.

En se momento, Carmen cayó en la cuenta de que en realidad no se estaba desnudando. Se estaba quitando la daga y la espada, como un guerrero después de la batalla.

Cuando terminó, arrojó las armas al suelo y empezó a mover las manos sobre el cuerpo de Carmen, pero sin llegar a rozarla; se limitaba a simular lo que haría con ella, las libertades que se tomaría con ella.

–Yo no podía tocarte de verdad, Carmen, no podía besarte de verdad cuando estábamos a solas. Tenía que mantener las distancias, mantener el control... pero contigo siempre lo pierdo. Te deseo demasiado.

Aquello fue más de lo que ella podía soportar. Se arrojó contra él y empezó a desabrocharle los botones de la casaca y de los pantalones. Faruq la dejó hacer, después, se sentó sobre ella, la miró a los ojos y empezó a retirarle el velo que llevaba sobre la cabeza.

–Nunca me ha gustado el pelo rojo. Pero el tuyo...

El príncipe empezó a acariciarle el cabello.

–Me gusta su textura, su tono, sus rizos...

Ella se arqueó contra él y Faruq llevó las manos a su trasero.

–¿Sabes cuánto te he deseado al verte con el vestido de novia?

Ella echó la cabeza hacia atrás y lo miró a los ojos en el espejo que estaba tras el cabecero de la cama. Luego, Faruq le desabrochó el corsé y llevó las manos a sus senos desnudos. Carmen quiso quitarle la casaca, pero él se le adelantó y le regaló la escultural visión de su torso.

Carmen tragó saliva. Necesitaba probar su carne, morderlo.

−¿Sabes una cosa? Me gustaría que te escribieras mi nombre en otras partes. Por ejemplo... aquí.

Él le pellizcó un pezón y luego otro. Ella lanzó un grito de placer y se estremeció.

−Y aquí...

Faruq le acarició los pies, descendió hasta ellos y le chupó los dedos.

−Y aquí...

Carmen sintió un mordisco en la pantorrilla.

−Y también aquí...

Ella se estremeció. Pero no tanto como él cuando la alzó para levantarle el vestido y notó que también se había grabado su nombre en el trasero.

−Por favor, Faruq... te deseo, te quiero dentro de mí. Ahora −ordenó.

Faruq la miró con fuego en los ojos y le separó un poco más las piernas.

−Sí, sí, te lo ruego...

Era verdad. Necesitaba sentirlo dentro. Y no sólo por el placer que le daba, sino porque anhelaba sentir su poder, su virilidad, la potencia de su deseo, su esencia. No quería placer sin unión física. En ese momento no habría sido una recompensa para ella, sino más bien un castigo.

Él se bajó la cremallera de los pantalones y agarró su erección, haciendo lo que ella no podía hacer porque estaba inmovilizada bajo su peso.

–¿Es esto lo que quieres, Carmen?

Ella sintió con desesperación.

–Sí...

–Una vez me dijiste que tus orgasmos son más intensos cuando estoy dentro de ti. ¿Era verdad? ¿O sólo lo dijiste para halagarme?

Carmen intentó liberarse, pero no pudo.

–Era verdad. Pero por favor... por favor...

–¿Crees que puedes pintarte mi nombre en esta parte de tu cuerpo y quedar sin testigo, Carmen? –preguntó, apretándole el trasero–. Sólo por eso, te quedarás sin lo que más deseas.

Faruq la tumbó y empezó a lamerla entre las piernas.

Ella gimió.

–Esto es por todas las veces que has escrito mi nombre en tu maravilloso cuerpo. Voy a atormentarte como tú me has atormentado durante estos meses.

Haciendo caso omiso de sus protestas, Faruq siguió lamiéndola, devorándola, hasta llevarla al borde mismo del orgasmo. Lo hizo varias veces, deteniéndose siempre a tiempo, tantas veces como nombres se había escrito.

–La próxima vez, seré yo quien lo escriba –dijo–. Pero será aquí...

Él le tocó el clítoris con un dedo y se lo pellizcó suavemente.

La caricia fue tan eléctrica y ella estaba tan desesperada a esas alturas que bastó para que llegara al clímax. Sin embargo, Faruq siguió adelante sin piedad alguna. Introdujo los dedos en su sexo y empezó a moverlos, multiplicando y alargando las oleadas de placer.

–Y esto es por haberme abandonado...

Carmen ya no podía más. Estaba completamente satisfecha. Pero aun así, lo deseaba más que nunca. Y en cuanto vio la ocasión, llevó las manos a sus pantalones e intentó quitárselos.

–¿Todavía insistes en que tus mejores orgasmos los tienes cuando estoy dentro de ti? –preguntó.

–Sigo consciente, ¿no es verdad? Sigo excitada, llena de deseo... Pues ya tienes tu respuesta. Adoro todo lo que me haces. Todo. Pero cuando me penetras... es una sensación inexplicable...

Faruq se quedó quieto, mirándola.

Ella aprovechó su quietud para tumbarlo sobre la cama, introducirse su sexo en la boca y empezar a lamerlo.

Él la dejó hacer hasta que notó que Carmen ya había satisfecho la primera parte de su capricho. Después, alcanzó unos cuantos cojines, los dispuso contra el cabecero, la tumbó de espaldas y se situó sobre ella, separándole los muslos.

–Hazlo. Entra en mí. Lléname... te lo ruego...

Faruq lo hizo. Entró en ella con todo el hambre y la frustración que había acumulado a lo largo de los meses de separación. Carmen se arqueó y gritó con fuerza. Ahora sabía que lo que le habían dicho era cierto: el sexo era mucho mejor después de la cesárea. Increíblemente mejor.

El orgasmo llegó esta vez en oleadas increíblemente intensas, pero a pesar de todo, dijo:

—Sigue, por favor, sigue...

Faruq siguió moviéndose y le dio lo que necesitaba. Quería verlo deshaciéndose en ella, mirarlo a los ojos en el momento preciso.

Cuando todo había terminado, cuando todavía seguían unidos y abrazados con fuerza, ella dijo:

—Tenías razón. Es como encontrarse en el límite mismo de la supervivencia, de la vida... He tenido la sensación de que el corazón me iba a estallar. Y teniendo en cuenta que esto sólo es el aperitivo, no quiero ni pensar lo que pasará cuando lleguemos al primer plato.

Él se movió en su interior.

—Si hay una mujer en el mundo que sea capaz de llevar a un hombre a los límites de su mortalidad con la simple pasión, esa mujer eres tú, Carmen. Me parece justo que sientas lo mismo conmigo.

—Creo que ya habíamos mantenido esta conversación...

—Más o menos. Pero hazme caso: aunque tu experiencia con los hombres sea limitada, eres una verdadera mujer fatal.

—¿Tu mujer fatal?

—Por supuesto que lo eres. Mía, sólo mía. Y quiero escucharlo de tu boca, Carmen. Dilo. *Enti melki...*

—*Ana melkak...* soy tuya, tuya... Faruq, cariño...

Faruq agarró las faldas del vestido, que todavía llevaba puesto, y lo desgarró con un simple tirón.

Ella gimió.

–No te preocupes. Ordenaré que te hagan una docena más –declaró él–. Ahora necesito verte. Verte entera...

El príncipe seguía dentro de ella, y Carmen supo que ahora le haría el amor con más pasión todavía.

Cerró los ojos, sintiendo la intensidad de su mirada, y esperó.

Pero cuando Faruq se movió, no fue para hacerle el amor de nuevo: fuera para salir de ella y alejarse.

Asustada, Carmen abrió los ojos.

–¿Qué ocurre?

Él miró la parte inferior de su estómago.

–Tienes una cicatriz.

Capítulo Once

Carmen se mordió el labio e intentó mantener la calma.

No quería hablar de eso. No quería contarle lo sucedido. Pero parecía tan preocupado que no tuvo más remedio.

–Te hicieron la cesárea...

–Sí.

–¿Te dolió?

Ella intentó reír, pero le salió algo más parecido a un grito ahogado.

–No, no sentí ningún dolor. Quería tener a Mennah de forma natural, pero había complicaciones y no tuvieron más remedio que sedarme y operar.

–Sin embargo, estoy seguro de que luego te dolería... Y estabas sola. No tenías a nadie que pudiera cuidar de ti y de Mennah. Estás completamente loca, Carmen.

De repente, Faruq se levantó y se desnudó del todo. Su erección era tan evidente que no había duda alguna sobre su deseo. Y cuando se tumbó nuevamente sobre ella, los ojos se le llenaron de lágrimas.

–¿A qué vienen las lágrimas?

–Bueno... cuando te has apartado al ver mi cicatriz, pensé que tú... en fin, que ya no te gustaría más.

–No estás completamente loca. Estás rematada y absolutamente loca –bromeó–. Te deseo con toda mi alma.

Faruq se inclinó sobre ella y besó sus labios, sus mejillas, su cuello, sus pechos y, finalmente, su cicatriz.

–De aquí salió Mennah. Es la fuente de ese milagro, y te enfrentaste tú sola al dolor. Eso te hace más preciosa y más bella a mis ojos, te vuelve más deseable aunque estaba convencido de que no podía desearte más.

–Me sentía tan sola sin ti, mi vida... Te he echado tanto de menos... Por favor, Faruq, quiero volver a sentirte dentro.

–Como quieras.

Él no tardó en concederle el deseo. De hecho, entró en ella con todas sus fuerzas.

–Sí, Faruq, sí...

–*Ya ullah...*

Sin embargo, Faruq se detuvo y salió de su cuerpo. Después, la alzó en vilo, se acercó a la mesa de caoba, tiró todos los objetos que estaban encima y la tumbó sobre ella con intenciones evidentes.

–No sé si es buena idea. Lo que has tirado se habrá roto, y te puedes cortar...

Él le separó las piernas un poco más.

–No, ha caído lejos. Donde estoy, la única herida que puedo sufrir es la contemplación de tu belleza, *ya yamilati*.

El príncipe la penetró otra vez, llenándola de poder y de debilidad.

Ella era su ama y su esclava. Su diosa y su adoradora.

Las manos de Faruq la acariciaban mientras entraba y salía de ella y la miraba a los ojos. El centro volcánico de su orgasmo se incendió de nuevo y él la besó y llevó los dedos a su entrepierna para estimularla aún más y obtener el código que sólo él conocía.

Cuando llegó al clímax, que fue doblemente fuerte porque él también lo alcanzó, sus convulsiones fueron apagándose poco a poco.

—No te preocupes —dijo él—. Todavía no he terminado contigo.

Entonces, Faruq la tumbó boca abajo sobre la mesa. En una de las paredes había otro espejo, y se molestó en ponerla de tal forma que pudiera verse y contemplar la siguiente fase de su tortura.

—He dicho que no había terminado contigo, Carmen. Ahora me aseguraré de comprobar cuántas veces has escrito mi nombre en tu cuerpo. Ah, aquí está... y aquí...

Faruq empezó a lamerla, a succionarla y a morderla por todas partes, alimentando su sensibilidad y llevándola al límite de su resistencia. Carmen sintió cierto temor. Él había desatado su potencial multiorgásmico, pero no estaba segura de que su sistema nervioso pudiera soportar más caricias.

—Tómame. Simplemente, tómame...

—¿Que te tome? ¿Así, Carmen?

Faruq entró en ella.

Carmen gritó.

—¿O así?

Esta vez lo hizo con mucha más fuerza.

—¡Sí, sí! ¡Faruq...!

El príncipe empezó a moverse con todas sus energías, entrando y saliendo de ella sin parar, insistiendo hasta que los dos alcanzaron otro orgasmo arrebatador.

Ella se quedó apretada contra la mesa, cubierta de sudor y deseando que Faruq se quedara para siempre a su lado.

Pero empezaba a alejarse.

En muchos sentidos.

—¿Faruq?

Faruq apretó los dientes al oír su voz. Carmen se le había ofrecido otra vez y había vuelto a vencer su autocontrol, su determinación de mantener la relación en el terreno de lo estrictamente físico. Y él le había pedido que dijera la verdad. Y ella se la había confesado. Y le había dicho cosas que nunca olvidaría.

Pero todavía no estaba seguro de poder confiar en ella.

Cuando se alejó de la mesa, ella le preguntó:

—¿Va a ser siempre así? ¿Te marcharás cuando hayamos terminado?

—¿Y qué esperas? ¿Volver a estar con el antiguo Faruq?

Los ojos de Carmen se humedecieron.

—Sólo necesitaba saber a qué atenerme, y ahora lo sé. Cuando te canses de mí, ¿permitirás que me marche?

—¿Quién ha dicho que me cansaré de ti?

—El viejo Faruq. Me dio tres meses y sólo estuve la mitad de ese tiempo con él. Si cumplo la otra mitad de la pena, ¿permitirás que me aleje y me limite a mi papel de madre de Mennah? ¿O has decidido que disfrutas humillándome y haciéndome daño?

—Ya basta. Veo que ya has vuelto a las andadas. Te has pasado toda la noche rogándome que siguiera, que te hiciera mía y ahora...

—Es culpa tuya, Faruq. Yo no juego en tu liga. Tú haces lo que quieres y cuando quieres, y los demás no pueden hacer otra cosa que obedecerte. Me lo has dejado claro unas cuantas veces. Pero te ruego una cosa, por el bien de Mennah. No me destruyas, por favor.

Faruq la miró, contempló sus lágrimas y su angustia y se dijo que no podía seguir así. Su corazón le decía que Carmen era completamente sincera con él, que le pertenecía en cuerpo y alma, pero necesitaba estar seguro.

Cuando vio que se alejaba hacia el cuarto de baño, la siguió y la detuvo.

—Carmen, ven aquí...

—¿Otra vez? Lo siento, pero creo que he llegado al límite de mi resistencia física. Por mucho que te haya rogado que me hicieras una y otra vez el amor, temo no poder caminar durante una semana si lo hago de nuevo.

Él soltó una carcajada, pero su risa desapareció enseguida. En las palabras de Carmen no había ni el menor rastro de humor.

Tomó su cara entre las manos y declaró:

—Tus ojos fueron lo primero que me enamoró de ti. Rivalizan con los cielos y con los mares de Judar. Hacen que me acuerde de un cuento tradicional en el que las lágrimas de una princesa ahogan un reino, y las tuyas podrían anegar un continente... Si pudiera, las secaría con mis labios. Pero aquí tenemos un refrán que dice: *El boassah fel ain tefar raa.*

—¿Que un beso en los ojos, separa?

Él asintió.

—¿Y eso te parece mal?

—No se me ocurre nada peor.

—A ver si te aclaras, Faruq. Decide de una vez a qué estás jugando. Por favor. Elige si quieres frío o caliente.

—No puedo. Todas tus temperaturas me encantan —susurró—. Pero sobre lo que has dicho de no poder caminar... ¿quién ha dicho que tengas que hacerlo? Tus pies no pisarán el suelo, *ya amirati.*

Faruq la llevó a la bañera, llena de agua caliente, y se introdujo con ella.

—En cuanto a tus limitaciones físicas, veamos hasta dónde te puedo llevar.

Él empezó a acariciarla suavemente, apagando con su boca y con su lengua el dolor que le había causado. Y cuando ya le había dado una docena de orgasmos, la sacó del agua, la secó y la llevó a la cama.

Antes de que se quedara dormida, la besó en los labios y dijo:

–Nunca me cansaré de ti, Carmen.

–Es un placer verte tan feliz.

Carmen ni siquiera miró a Ameenah. Mennah estaba a su lado, de pie, y parecía decidida a aprender a caminar ese mismo día.

–Ameenah, por favor, acércame el teléfono móvil. Ya sabes, el de la línea directa con Faruq... ah, y trae una cámara de vídeo.

Ameenah se marchó y regresó en cuestión de segundos con lo que le había pedido. Pero justo en el momento en que encendía la cámara, Mennah se sentó en el suelo y se puso a jugar con los cubitos que su padre le había llevado el día anterior.

Carmen pensó que era mejor así. Aunque Faruq tenía una reunión muy importante aquella mañana, lo conocía lo suficiente como para saber que habría pospuesto cualquier compromiso con tal de no perderse los primeros pasos de la pequeña.

–¿Qué es lo que has dicho al llegar, Ameenah?

Su doncella se lo repitió.

–Que me alegro de verte tan feliz. Bueno, a ti y al príncipe...

Carmen pensó que lo suyo no era felicidad, sino dicha absoluta. Una tan intensa y absoluta que a veces ni siquiera podía respirar.

Ya habían pasado seis semanas desde la boda, y siempre tenía miedo de que Faruq se cansara de ella. Pero hasta el momento había sido fiel a su promesa. Y cada día que pasaba, parecía quererla más. Dentro y fuera de la cama.

–Sólo espero que tu felicidad no se resienta cuando *Maolai* tenga que cumplir con sus obligaciones –continuó la doncella.

–¿A qué obligaciones te refieres?

Ameenah la miró con horror y vergüenza. Al parecer, se le había escapado algo que no quería decir.

–*Ya elahi, ana assfah... Maolati samhini.* Te ruego que me disculpes, yo no pretendía...

–Déjate de tonterías y dime qué obligaciones son esas.

–Si *Maolai* no te lo ha dicho, yo no...

Carmen alzó una mano.

–¿No es cierto que tienes que obedecer todas mis órdenes? Pues te ordeno que me lo digas.

Al cabo de un minuto largo y opresivo, Ameenah respondió.

–El príncipe va a contraer matrimonio otra vez. Por razones de Estado.

Carmen no supo de dónde sacó las fuerzas para hablar.

–¿Cuándo?

Ameenah estaba al borde de las lágrimas.

—Nadie lo sabe. Todavía no se ha elegido a la novia.

—¿Por qué no?

—Es una historia complicada. No soy la más apropiada para contártela...

—Ameenah, eres mi mejor amiga –la interrumpió–. Si tú no me lo dices, me sentiré terriblemente mal. Por favor, cuéntame lo que sepas.

La doncella asintió.

—Todo empezó hace seiscientos años...

—¿Me estás diciendo que ese matrimonio de Faruq se organizó hace seis siglos? –preguntó, perpleja.

—Fue entonces cuando los al Masud terminaron con las guerras tribales y fundaron el Reino de Judar. Pero desde que el rey Zaher cayó enfermo, la segunda tribu más influyente del país, los al Shalaans, han empezado a reclamar el trono para ellos y amenazan con desatar una guerra civil.

Carmen la miró con sorpresa. No podía creer que el país estuviera al borde de la guerra.

—Hace poco, nuestro país vecino, Zohayd, se vio arrastrado a la crisis. Los al Shallans son la casa gobernante allí y suponen la mayoría de la población, así que presionaron al rey Atef para que apoyara sus pretensiones al trono de Judar... El se negó, y su negativa también está a punto de provocar una guerra en su país. Por suerte, parece que están dispuestos a aceptar una solución intermedia: que el futuro rey de Judar se case con la hija de su patriarca más noble, de forma que la sangre de las dos familias se mezcle.

–Comprendo...

–Pero hay un problema. Tras muchas deliberaciones, llegaron a la conclusión de que su patriarca más noble es el propio rey Zohayd, que no tiene hijas.

–¿Y ahora qué va a pasar?

–Han vuelto otra vez a las negociaciones. Supongo que buscarán otro patriarca.

–Y cuando lo encuentren, Faruq tendrá que casarse con ella para evitar una guerra en toda la región...

–Sí. Pero eso no te afecta, *Maolati*. Tú eres la esposa que él ha elegido. La esposa a quien él ama.

Carmen empezó a reír sin poder evitarlo. Aquello era completamente absurdo. Al parecer, Faruq tenía la manía de casarse por razones políticas. Primero, por el bien de Mennah, y ahora, por el de Judar y toda la región.

Le dijo a Ameenah que se marchara y se quedó sola, en pleno ataque de celos.

En cuanto se casara con otra mujer, ella quedaría en segundo plano, relegada al papel de madre de Mennah. Sólo podía hacer una cosa: aprovechar el presente, disfrutar de él tanto como pudiera y atesorar todos los recuerdos en lo más profundo de su ser.

Alcanzó el teléfono y llamó a Faruq.

El príncipe contestó enseguida.

–Carmen... –dijo con voz cariñosa–. ¿Qué quiere mi preciosa mujer?

La desesperación de Carmen surgió con la fuerza de una tormenta de arena.

–Te quiero a ti, Faruq. Ahora.

Capítulo Doce

Faruq atravesó el palacio tan deprisa como pudo, llevándose por delante a todo el que se interpuso en su camino.

Carmen lo llamaba. Carmen lo necesitaba. Y ahora que había llegado a la conclusión de que siempre había sido sincera con él, de que Tareq le había mentido, estaba dispuesto a hacer cualquier cosa que le pidiera. Pero no en calidad de príncipe al Masud, sino como esposo y amante.

Al llegar al a suite, se detuvo un momento ante la puerta. La quería tanto que estaba decidido a arrojarse sobre ella y tomarla en cuanto entrara. Pero cuando por fin lo hizo, se llevó una buena sorpresa: que fue ella quien se arrojó sobre él. Y estaba tan decidida que ni siquiera permitió que la llevara a la cama.

–Te deseo, Faruq, te deseo con todas mis fuerzas...

Se tumbaron en el suelo y se desnudaron. Ella agarró su sexo y lo acarició sin piedad.

–Te quiero, Faruq...

–Demuéstrame cuánto me quieres, Carmen. Demuéstrame cuánto placer puedo darte...

Entonces ella se sentó a horcajadas sobre él, descendió y lo tomó con una simple y dura acometida.

–Faruq...

–Móntame. Tómame y saca tu placer de mí.

Carmen intentó empezar a moverse, pero estaba demasiado vertical y apenas logró recorrer la mitad del sexo de Faruq. Él, entre tanto, se echó hacia delante y le succionó los pezones.

–Inclínate sobre mí, *ya habibati*...

Faruq llevó las manos a sus caderas y empezó a levantarla y a bajarla lentamente, siguiendo el ritmo de sus lametones y sus mordiscos.

–¿Sabes lo perfecta que eres? ¿Sabes lo que me estás haciendo? Jamás soñé que se pudiera sentir tanto placer. No quiero que termine nunca. No quiero dejar de entregarme a ti...

–No puedo, Faruq, no puedo. Es demasiado...

Faruq comprendió lo que sucedía, la tumbó de espaldas y le separó las piernas. Después, la penetró otra vez y empezó a moverse.

–El cielo no es nada en comparación con estar dentro de ti. Tómame, Carmen. Toma de mí todo lo que puedas.

Ella gritó y pocos segundos después alcanzó el orgasmo.

–*Ahebbek, aashagek, ya Carmen. Enti koll shai eli.*

Carmen se estremeció. Porque las palabras de Faruq no podían haber sido más bellas: «Te amo, Carmen, te adoro. Lo eres todo para mí». Y se sentía tan emocionada que apenas podía respirar.

–¿Has dicho que... ?

–He dicho lo que has oído. Y aún más: moriría por ti.

–No sigas, Faruq, no sigas. Es demasiado...

–Tú eres demasiado. Todo lo que eres, todo lo que me haces sentir. ¿Cómo podría no amarte? Es como si los dioses te hubieran creado para mí. Y quiero que sepas que me enamoré de ti el primer día.

–Pero yo nunca soñé...

–Yo tampoco soñé que hubiera una mujer como tú. Pero existes. Y eres tan mía como yo soy tuyo.

Carmen lo miró con tal angustia que él preguntó:

–¿Es que no eres feliz, mi vida?

–Decir que soy feliz no sería suficiente, no haría justicia al efecto devastador que tienes sobre mí. Para poder explicarlo, tendría que inventar palabras nuevas.

–¿Y te extraña que te ame, mi diosa? Intenté no amarte, créeme, pero mis esfuerzos sólo sirvieron para que te quisiera todavía más.

–Cariño mío, si sigues diciendo esas cosas, si sigues llamándome «mi vida» y «mi diosa», mi esperanza de vida será bastante corta...

–Pues te daré la mía. Te la daré entera.

Ella se apretó contra él y lo acalló con un beso terriblemente apasionado. Sabía que en poco tiempo estaría fuera de su alcance, y quería disfrutar de él antes de que fuera demasiado tarde.

–Amor mío, cuando estés preparada, me gustaría que Mennah tuviera un hermano. O una hermana. O los dos, por qué no...

Carmen sonrió y lo abrazó. Y así estuvieron hasta que él se quedó dormido. Sólo entonces, ella permitió que el dolor estallara en su corazón y lo pulverizara.

Habían pasado tres semanas desde que Faruq le confesó su amor y le pidió que tuvieran otro hijo. Y lo quería tanto, que estaba dispuesta a seguir con él hasta que la dejara por otra y tal vez tuviera descendencia con ella.

Cuando sonó el teléfono móvil, se extrañó. La única persona que la llamaba era él, pero en ese momento estaba en la ducha.

—¿Dígame?
—¿*Amirah* Carmen?

Carmen reconoció la voz de inmediato. Era Tareq.

—¿Qué quiere?
—Iré directamente al grano. Quiero hablar con usted.
—No.
—No se niegue tan deprisa. Le estoy haciendo un favor.
—Gracias, pero no. Adiós, príncipe Tareq.

Tareq dejó los buenos modales y se mostró tal como era.

—Usted y su hija bastarda son lo único que se interponía en mi camino al trono. Pero ya no. Sus días como princesa están contados. Estaba dispuesto a ofrecerle un acuerdo beneficioso para ambas partes, pero ahora esperaré hasta que mi primo la expulse. La he investigado, Carmen, y he descubierto su historial clínico... Hasta siempre, *ya somow el Amirah.* Y que tenga buen viaje.

Carmen tiró el teléfono como si fuera un escorpión y salió corriendo.

Ameenah. Tenía que encontrar a Ameenah.

—Carmen...

Faruq la llamó cuando salió del cuarto de baño, pero se había ido.

Frustrado, miró a su alrededor y vio que había dejado el teléfono móvil encima de la cama. Pero ella nunca se marchaba sin el aparato, y le pareció tan extraño que miró las llamadas recibidas por si podían darle alguna pista. Todos los números que salían eran el mismo: el suyo. Todos, menos el último.

Marcó y esperó un momento.

—Sabía que cambiaría de opinión —dijo la voz de un hombre.

Faruq colgó de inmediato. Era Tareq.

Había estado hablando con su primo.

Desesperado, corrió al vestidor. Debía encontrarla cuanto antes. No podía permitir que Tareq, o las dudas de la propia Carmen, o lo que fuera que estuviera pasando, se interpusiera entre ellos.

***

Carmen cerró la puerta y dijo:

−Cuéntame lo que sepas sobre Tareq, Ameenah. ¿Por qué lo sobrepasó Faruq en la línea dinástica?

Ameenah la miró.

−Cuando fallecieron los hermanos del rey Zaher, Tareq se convirtió en el príncipe heredero porque es el mayor de sus sobrinos y el rey no tiene descendencia. Pero él mostró su preferencia por Faruq y Tareq presionó al Consejo de los Ancianos para que obligara al rey a cambiar de opinión... Al rey no le quedó más opción que buscar otra salida. Así que dijo que tendría un hijo. Pero la reina es demasiado mayor para dárselo, así que tenía que buscarse otra mujer.

−¿Y cuál es el problema? La poligamia es legal en Judar.

−Sí, aunque tiene normas estrictas. Por ejemplo, la primera mujer debe dar su consentimiento. Y aunque ella se lo dio, el rey no fue capaz de darle semejante disgusto. Ni siquiera para impedir que Tareq accediera al trono.

−Debe de tener muchas cosas contra él...

−Oh, sí, desde luego. Tareq es un hombre dado a los excesos. Incluso se rumorea que le gustan los niños.

−Entonces, me sorprende que no lo hayan lapidado.

−Lo habrían metido en la cárcel si pudieran demostrarlo, pero tiene muchos contactos en el Consejo de Ancianos y siempre están dispuestos a hacerle favores. En cualquier caso, el rey tuvo entonces otra idea... decretó que el primero de los sobrinos que se casara y tuviera descendencia sería el príncipe heredero.

Carmen contuvo la respiración.

−¿Cuándo fue eso?

−Hace dieciocho meses, más o menos.

Carmen calculó el tiempo y llegó a la conclusión de que debía de haber sido justo antes de que ella abandonara a Faruq. Lo cual significaba algo terrible: que esa misma noche, probablemente iba a pedirle que se casara con él para impedir que su país sufriera el reinado de su primo. Pero no había podido. Porque ella lo abandonó.

Y por si fuera poco, la persona que la había ayudado a desaparecer era el propio Tareq.

−¿Y qué pasó entonces?

−El príncipe Tareq se casó de inmediato, pero su mujer no pudo quedarse embarazada. Después, se sometió a un tratamiento de fertilidad y lo consiguió, pero sufrió un aborto y los médicos le dijeron que no podría tener hijos... Tareq se divorció de ella. Y ahora se ha casado con otra.

−¿Por qué? Faruq ya se ha convertido en el príncipe heredero...

−Ha conseguido que el Consejo de Ancianos varíe el decreto real. Ahora no basta con tener cualquier tipo de descendencia. Tiene que ser un hijo.

Carmen se estremeció al pensar que tal vez le había pedido que se quedara embarazada porque necesitaba tener ese hijo. Y él no sabía que tras el parto de Mennah, los médicos también le habían dicho a ella que seguramente no podría tener más descendencia.

Sólo quedaba una cosa de hacer: alejarse de él antes de que fuera demasiado tarde. Antes de que le hiciera más daño.

Faruq averiguó que Carmen había pedido un coche y que se había marchado tras impedir a los guardias que la acompañaran. Así que decidió esperarla, y cuando volvió, estaba demacrada y muy pálida.

–Quiero el divorcio, Faruq –dijo, sin preámbulos.

–¿Cómo?

–Sólo te ruego que esto no afecte a Mennah. Que le permitas estar con su madre.

–¿A qué viene esto, Carmen? Es por Tareq... ¿verdad? ¿Cuánto te paga? ¿Cómo ha conseguido que te portes así conmigo? –preguntó, furioso–. Si eres capaz de mezclarte con un individuo como ése cuando acabo de convertirte en mi princesa, no puedo confiarte el bienestar de mi hija.

–No, por Dios –dijo, horrorizada–. Sabes que soy una buena madre... Por favor, Faruq, haré lo que sea con tal de estar con ella...

–Si quieres a Mennah, seguirás siendo mi esposa.

–¡Pero no te daré más hijos! –exclamó.

–¿Por qué? ¿Porque ya has cumplido tu misión y no volverás a acostarte conmigo?

–Tengo endometriosis, Faruq. Una docena de especialistas me habían asegurado que era estéril... de hecho, Steve se divorció de mí porque no pude darle un hijo. Lo de Mennah fue un verdadero milagro. Pero la cicatriz que viste no es sólo de la cesárea. Me hicieron una histerectomía.

El príncipe se llevó las manos a la cabeza.

–*Ya ullah, ya ullah...*

–No pierdas el tiempo conmigo. Si hubiera sabido antes que el futuro de Judar dependía de que tuvieras un hijo... Oh, Dios mío, pero si estás llorando...

–¿Y crees que estas lágrimas son por mí mismo? Son por ti, Carmen, por ti. Tú eres lo único que me importa. Te habría elegido aunque no me hubieras dado a Mennah. Por encima de todo y de todos.

–No puedes, Faruq. Pensé que tendríamos más tiempo hasta que te casaras con la mujer de los al Shalaan, pero ahora no tienes más remedio que contraer matrimonio rápidamente y tener un hijo antes que tu primo.

–Vaya, veo que lo sabes todo...

–Por eso te he dicho que quiero divorciarme.

–¿Harías eso por mí? ¿Permitirías que te tomara por una traidora sólo para hacerme un favor?

–Por ti soy capaz de hacer cualquier cosa. Eres mi vida.

–Oh, Carmen...

Faruq se acercó a ella y la abrazó.

Había llegado el momento de compartir unas cuantas verdades.

***

—Carmen y yo no podremos tener más hijos, *ya Maolai*.

Faruq ya había decidido pedir audiencia con el rey cuando éste se le adelantó y lo convocó. Y ahora estaba ante él, en compañía de Carmen y de Mennah.

—Me niego a la exigencia de que el heredero del trono tenga que tener un hijo. Y tú también debes negarte —continuó—, o todos sucumbiremos a las maquinaciones de Tareq. Pero hay una forma de solucionarlo.

El rey miró a Carmen con afecto y declaró:

—Precisamente te he llamado por eso. He pedido al consejo que anule la ley sálica. Le he recordado que el sexo de los herederos es irrelevante y que todos sabemos quién es el mejor heredero al trono. Además, la información que conseguiste a través de tus servicios de inteligencia debería servir para acabar con Tareq. Pero no estoy seguro de que llegue a juicio.

Carmen miró a su esposo, que se aferraba a ella como si tuviera miedo de que fuera a evaporarse.

—En cuanto anulen la ley sálica, tú serás nombrado heredero —continuó el monarca—. Pero todavía nos quedará el problema del tratado de paz con los al Shalaans. Si no encontramos otra forma de solucionarlo, tendrás que contraer matrimonio con una mujer de su familia... Sé que sería muy doloroso para ti, Carmen, pero nos arriesgamos a una guerra.

–Lo comprendo –dijo ella–. Y doy mi consentimiento. Déjame, Faruq. Todo saldrá bien cuando esté fuera de juego.

–No, eso nunca. No permitiré que te vayas, mi amor... eres lo más importante para mí. Y por eso, querido tío, he tomado una decisión al respecto: renunció al trono de Judar.

Carmen se quedó helada. Faruq la amaba hasta el punto de renunciar a ser rey.

–Si es tu decisión final, no puedo hacer otra cosa que aceptarla. Propondré que sea Shehab, tu hermano, quien acceda al trono.

–¿Es que os habéis vuelto locos? –preguntó Carmen–. Estáis en mitad de una crisis política que puede terminar en desastre y lo aceptáis sin más... Lo siento, pero no puede ser. Faruq, debes convertirte en el rey de Judar. Debes asumir tus responsabilidades, pase lo que pase. Esto es más importante que nuestra relación. No permitiré que hagas algo de lo que te arrepientas más tarde.

Faruq la acalló con un beso.

–Discúlpame, tío, pero tengo que solventar este asunto fuera de aquí....

El príncipe se empeñó en llevarla de vuelta a sus habitaciones a pesar de todas las protestas de Carmen.

–¿Qué te parece si hacemos el amor primero y discutimos después? –preguntó él.

–No. Tienes que volver con el rey antes de que haga pública tu decisión.

–¿Por qué? Es una solución perfecta... Shehab nunca ha mantenido una relación seria y no pondrá pegas a casarse con la hija del rey Atef. Además, si un día se convierte en rey, yo seré el siguiente en la línea dinástica. Ya he hecho bastante por el reino, Carmen.

–Pero tú eres el mejor hombre del mundo, *ya habibi*. Mereces ser el rey. Estoy segura de que Shehab también es una gran persona, pero...

–Yo sólo quiero ser el rey de tu corazón.

–Faruq... ¿cómo es posible que me ames tanto como yo a ti? –preguntó entre lágrimas–. ¿Qué he hecho yo para merecer esto?

–Ser tú misma, cariño. La mujer y la madre más estimulantes y maravillosas que existen. Ningún hombre ha sido nunca más rico –respondió, tumbándola sobre la cama–. Y ahora, si no te importa, necesito otra sesión de sexo.

Horas después, los dos estaban metidos en la bañera. Faruq ya la había convencido de que su renuncia al trono no era una opción personal, sino una necesidad política. Ser rey siempre había sido una obligación para él. En cambio, estar con ella era su destino.

–Bueno, ¿qué te parece tu *mahr*?

Ella suspiró y probó su boca.

–Siempre tienes que excederte, ¿verdad? Te pedí

borrón y cuenta nueva y no se te ocurre mejor cosa que renunciar a un trono.

Faruq soltó una carcajada.

—Me alegra saber que te he impresionado...

Ella le acarició el pecho.

—Si estuviera más impresionada, sufriría un infarto.

—En tal caso, espero que me demuestres deseo y gratitud durante los próximos sesenta años —declaró.

—Por supuesto que sí, *ya habibi*. Y ya sabes que puedo ser muy imaginativa...

—Ciertamente. Y estoy deseando que se te ocurra algo nuevo.

Carmen metió las manos por debajo del agua y de las burbujas y empezó a acariciarlo. Después, buscó nuevas zonas erógenas por donde empezar y nuevas razones para amar y para vivir.

En el Deseo titulado
Novia del desierto, de Olivia Gates,
podrás continuar la serie
AMOR ENTRE DUNAS

Deseo

Enredos de amor

Bronwyn Jameson

Su nuevo cliente era endiabladamente guapo, con un encanto devastador... y escondía algo. ¿Por qué si no iba a interesarse un hombre tan rico y poderoso como Cristo Verón por los servicios domésticos de Isabelle Browne? Sus sospechas se confirmaron cuando descubrió su verdadera razón para contratarla. Y, sin saber bien cómo, aceptó su ridícula proposición.

Cristo protegería a su familia a cualquier coste, y mantener a Isabelle cerca de él era esencial para su plan. El primer paso era que ella representara el papel de su amante, pero no había contado con que acabaría deseando convertir la simulación en realidad.

De sirvienta a querida

¡YA EN TU PUNTO DE VENTA!

Acepte 2 de nuestras mejores novelas de amor GRATIS

¡Y reciba un regalo sorpresa!

Oferta especial de tiempo limitado

Rellene el cupón y envíelo a
Harlequin Reader Service®
3010 Walden Ave.
P.O. Box 1867
Buffalo, N.Y. 14240-1867

¡Si! Por favor, envíenme 2 novelas de amor de Harlequin (1 Bianca® y 1 Deseo®) gratis, más el regalo sorpresa. Luego remítanme 4 novelas nuevas todos los meses, las cuales recibiré mucho antes de que aparezcan en librerías, y factúrenme al bajo precio de $3,24 cada una, más $0,25 por envío e impuesto de ventas, si corresponde*. Este es el precio total, y es un ahorro de casi el 20% sobre el precio de portada. !Una oferta excelente! Entiendo que el hecho de aceptar estos libros y el regalo no me obliga en forma alguna a la compra de libros adicionales. Y también que puedo devolver cualquier envío y cancelar en cualquier momento. Aún si decido no comprar ningún otro libro de Harlequin, los 2 libros gratis y el regalo sorpresa son míos para siempre.

416 LBN DU7N

Nombre y apellido	(Por favor, letra de molde)	
Dirección	Apartamento No.	
Ciudad	Estado	Zona postal

Esta oferta se limita a un pedido por hogar y no está disponible para los subscriptores actuales de Deseo® y Bianca®.
*Los términos y precios quedan sujetos a cambios sin aviso previo.
Impuestos de ventas aplican en N.Y.

SPN-03 ©2003 Harlequin Enterprises Limited

Bianca

¡Sería su amante por unos días!

Rico, poderoso y guapo, Rafe Montero lo tenía todo... todo excepto una cosa: a la apasionada Cairo Vaughn, la mujer que había puesto fin a su corta pero intensa aventura años atrás.

Pero ahora Rafe estaba decidido a tener a Cairo una vez más.

Forzado a vivir con ella durante unos días en su lujosa mansión del Mediterráneo, Rafe estaba decidido a volver a seducirla.

Nueva oportunidad para amar

Carole Mortimer

¡YA EN TU PUNTO DE VENTA!

Deseo

Magnate busca esposa
Paula Roe

Para Cal Prescott, un multimillonario hombre de negocios, estaba claro que se casaría y tendría el heredero que necesitaba. Y no necesitaría buscar demasiado lejos para encontrar a la mujer adecuada, porque la aventura de una noche que había tenido con Ava Reilly lo había dejado fuera de sus sentidos y, a ella, embarazada.

La desesperación hizo que Ava aceptara casarse sin amor. Deseaba conservar sus tierras tanto como Cal su empresa, y ambos querían a su futuro hijo. Eso tenía que ser suficiente para construir un matrimonio. Eso, y la ardiente pasión que esperaban reavivar.

¿Conseguir una esposa o perder su empresa?

¡YA EN TU PUNTO DE VENTA!